BBULMEDIA

http://www.bbulmedia.com

더 샤도우 The
SHADOW

더 샤도우

날 건드릴 거면…… 네 모든 것을 걸어라!!

The SHADOW

7

장웅 현대 판타지 소설

BBULMEDIA FANTASY STORY

뿔미디어

Contents

1장

영암 큰스님

바스락!

어둠 속에서 은밀히 움직이는 그림자가 있었다.

용문암 산문을 지나 낮은 돌담을 가볍게 넘은 그림자들은 모두 다섯.

그들의 손에서 뭔가가 달빛에 반사되어 반짝거렸다. 흉기였다.

야심한 밤에 다섯 명의 사내들이 흉기를 든 채 용문암에 숨어든 이유는 무엇일까.

그들 중 선두에 있던 자가 주위를 둘러보더니, 중앙에 있는 커다란 법당을 가리켰다. 그러자 나머지 네 명이 고개를 끄덕이더니 흉악한 눈빛을 번들거리며 천천히 법당을 향해 다가갔다.

그때, 어디선가 들려온 목소리에 그들은 혼비백산했다.

"그만!"

다섯 명의 야행인들이 석상처럼 그 자리에 굳어 버렸다.

법당 입구에 서 있는 거무스름한 인영이 그들의 눈에 들어왔다. 방금 살폈을 때 아무도 없었는데, 언제 어떻게 나타났는지 이해할 수가 없었다.

처음에는 유령이 아닐까 의심했다.

하지만 달빛에 드러난 승복과 길게 자란 머리카락을 보고는 그가 암자에서 지내는 처사임을 알아내는 데에는 오랜 시간이 걸리지 않았다.

"저 새끼 뭐야?"

"밥하는 놈인 것 같은데, 운이 지질이도 없군. 선방에서 죽은 듯이 자고 있었으면 뒈질 일은 없었을 텐데 말이야."

"빨리 담가 버려!"

야행인들은 차마 입에 담기 힘든 무시무시한 소리를 장난처럼 해 대며 살기를 뿜어냈다.

그때, 법당 옆에 있는 선방의 문이 열렸다.

"아미타불. 누구요?"

"무슨 일인가?"

영암 큰스님을 찾아왔다가 목적한 일을 아직 이루지 못해 선방에 머물고 있던 천화사의 스님들이었다.

그들은 방에서 조용히 참선에 들어 있다가 인기척을 느끼고 문을 열었던 것이다.

"저것들은 또 웬 중놈들이야?"

"쓰벌! 어쩔 수 없다. 다 쓸어버려!"

야행인들의 흉악한 말에 스님들은 깜짝 놀라 문을 닫아걸었다.

"저 새끼부터 제껴!"

법당 입구를 막아선 처사, 그는 바로 선욱이었다.

잠자리에 들기 직전 인기척과 함께 살기를 느끼고는 창문을 통해 은밀히 방을 빠져나온 후, 법당 입구를 막아섰던 것이다.

선두에 있던 야행인이 그를 향해 흉기를 들어 올렸다. 그러자 양쪽에서 두 명의 사내들이 흉기를 휘두르며 선욱을 향해 달려들었다.

두 자루의 회칼이 선욱의 가슴과 옆구리를 향해 날아들었다. 그들의 칼에는 사람을 죽이고 말겠다는 살의가 충만해 있었다.

터덕!

날카로운 칼날이 선욱의 살을 파고들기 직전, 가벼운 소리가 들리더니 회칼을 들고 있던 두 개의 손이 허공에서 멈추었다.

어느새 선욱이 칼을 쥔 그들의 손목을 잡아 버렸던 것이다.

선욱을 공격했던 사내들이 믿을 수 없다는 표정으로 두 눈을 부릅떴다.

그들은 조직에서 칼 꽤나 쓴다고 인정받는 자들이었다. 그리고 자신들이 휘두르는 칼을 이렇게 정확히 손목을 잡아 막아 내는 사람은 한 번도 만나지 못했다.

더구나 밝은 대낮이 아니라 어두운 밤이라면 그건 불가능에 가까운 일이다.

갑자기 무시무시한 고통이 손목에서 몰려왔고, 선욱에게 손목을 잡힌 두 야행인들이 신음성을 흘리며 그 자리에 무릎을 꿇었다.

"신성한 법당에 회칼을 들고 들어오다니······. 정말 인간이기를 포기한 놈들이구나."

우드드득!

"크아악!"

"으아아아!"

커다란 두 마디의 비명이 밤하늘을 울렸다.

그들이 지른 비명이 얼마나 처절했는지, 지나가는 바람조차 숨을 죽이는 듯했다.

회칼들이 땅에 떨어졌고, 손목이 으스러진 두 사내들이

땅바닥을 구르며 비명을 질렀다.

선욱이 가볍게 그들의 얼굴을 걷어찼다.

퍼벅!

방금까지 비명을 질러 대던 두 사내들이 입과 코에서 하얀 알갱이와 피를 쏟으며 기절했다.

선욱이 천천히 고개를 들었다.

세 명의 야행인들이 침을 꿀꺽 삼키며 그 자리에서 주춤거렸다. 그들로서는 상상조차 하지 못했던 일이었다. 힘없는 노승 한 명의 목을 따면 끝날 일이었는데, 이처럼 무시무시한 고수가 절에 숨어 있으리라고 어떻게 예상이나 했겠는가.

야행인들이 서로 눈짓을 주고받았다.

싸움이라면 이골이 난 그들이다.

고수를 상대하는 방법도 자연스럽게 터득하고 있다.

그들은 천천히 양쪽으로 공간을 벌리며 선욱을 품(品) 자 형태로 감쌌다.

선욱이 차가운 눈빛으로 그들을 노려보았다.

"죽여!"

정면에 있던 자가 짧게 외치더니 선욱을 향해 달려들었다.

그와 동시에 선욱의 좌측과 후미에서 칼 빛이 번뜩였다.

그들의 칼이 선욱의 온몸을 헤집으려는 순간, 그의 몸

이 허공으로 살짝 떠올랐다. 그리고는 한 바퀴 빙글 회전
했다.

따다닥!

뭔가 부러지는 소리가 들리더니, 선욱의 다리가 그들의
손목을 거의 동시에 걸어찼다.

세 자루의 회칼이 허공으로 날아갔고, 야행인들의 손목
이 아래로 처져 덜렁거렸다.

처절한 비명은 그 직후에 터져 나왔다.

으아아악!

탓!

선욱의 두 다리가 땅에 닿는 순간, 세 명의 야행인들은
자신들의 부러진 손목을 부여잡고 비틀거렸다.

선욱이 으스스한 표정을 지으며 그들을 향해 다가가려
는 순간, 법당의 문이 열렸다.

"나무아미타불!"

나지막한 불호였지만, 거기에는 감히 거역할 수 없는
힘이 깃들어 있었다.

선욱이 움직임을 멈추었다.

"이게 다 무슨 일인가?"

영암 큰스님이 법당에서 천천히 걸어 나오더니 피를 쏟
으며 땅에 쓰러진 자들과 비명을 지르며 비틀거리는 세
명의 사내들을 둘러보았다.

그가 미간을 깊이 찌푸리더니 선욱을 향해 불호를 외우며 말했다.

"아미타불! 어서 저들을 법당으로 옮기게."

"스님, 저들은……."

"아무 말 말고 시키는 대로 하게."

선욱은 영암 큰스님의 표정을 보고는 쓰러진 두 명의 사내들의 목덜미를 잡아끌고는 법당 안으로 데려갔다. 그리고는 다시 나와 손목이 부러진 세 명의 사내들을 향해 말했다.

"빨리 들어와."

손목이 부러진 고통 때문에 식은땀을 뻘뻘 흘리던 세 명의 사내들이 서로의 눈치를 보았다.

그들의 귀에 선욱의 목소리가 다시 들렸다.

"기어 들어오게 만들어 줄까?"

세 명의 사내들이 흠칫하더니 법당 안을 향해 비틀거리며 걸어갔다.

그제서야 선방의 방문이 빠끔 열리더니 대운, 대명 스님이 머리를 내밀었다.

영암 큰스님이 그들을 향해 고함을 질렀다.

"거기서 뭘 하고 있는 것이냐? 어서 뜨거운 물과 약들을 가져오지 않고!"

대운, 대명 스님이 깜짝 놀라 뛰어나오더니 고개를 숙

였다.

"예, 스님!"

그들이 물을 끓이고 약을 찾기 위해 부산을 떨었다.

선욱이 영암 큰스님을 쳐다보았다.

"스님!"

"그만하게. 그리고 날 좀 도와주게."

선욱이 가볍게 한숨을 내쉰 후, 영암 큰스님을 따라 법당 안으로 들어갔다.

쓰러져 있던 자들이 흘린 피로 법당 바닥이 더럽혀졌고, 손목이 부러진 세 사람은 한쪽 구석에서 고통스러운 표정을 지으며 주춤거리고 서 있었다.

영암 큰스님은 우선 쓰러진 두 명의 사내들을 살피더니 혀를 찼다. 그리고는 자신의 법복으로 그들의 얼굴을 닦아 주었다.

선욱이 그 모습을 지켜보다가 서 있는 세 명의 사내들을 향해 고개를 돌렸다.

"거기 조용히 앉아 있어!"

세 사내들은 선욱의 무시무시한 기세에 완전히 제압당한 듯 끽소리 한 번 내지 못하고 그대로 주저앉았다.

그때, 대운과 대명 스님이 세숫대야에 뜨거운 물과 붕대 등을 가지고 들어왔다.

영암 큰스님이 소매를 걷어붙였다.

그는 쓰러져 있던 사내들의 얼굴을 닦고 붕대를 감아 주었다. 그리고는 부러진 손목을 살피더니 대운 스님에게 말했다.

"이들의 뼈를 맞춰야겠으니 부목이 될 만한 걸 좀 찾아 오너라."

대운 스님이 곧바로 밖으로 나갔다.

잠시 후, 대운 스님이 나무판자 몇 개를 들고 왔다.

영암 큰스님이 쓰러진 두 사람의 손목을 살피더니 고개 를 절레절레 흔들었다. 그들은 뼈가 부러진 게 아니라 으 스러졌다. 따라서 손을 쓸 방법이 없었다.

영암 큰스님은 일단 붕대로 그들의 손목을 칭칭 감았 다. 그리고는 법당 구석에 주저앉아 있던 세 명의 사내들 을 향해 고개를 돌렸다.

"어서 이리들 오게."

그들이 서로의 눈치를 보며 쭈뼛거리자 선욱이 으르렁 거렸다.

"스님 말씀 못 들었나?"

그들이 두려움에 질린 표정으로 주춤거리며 다가왔다.

"일단 여기 눕게."

그들이 눕자 영암 큰스님이 부러진 손목을 살피더니 헝 겊을 입에 물렸다.

"아파도 참게."

그는 부러진 손목을 잡고 뼈를 맞추었다.

우두둑!

"으으으!"

고통에 찬 울부짖음이 이빨 사이로 새어 나왔다.

영암 큰스님은 익숙한 솜씨로 그들의 뼈를 모두 맞춘 후, 부목을 대고 붕대를 감았다.

고요하던 법당 안이 그들이 흘리는 신음과 비명으로 가득 찼다.

모두의 치료가 일단 끝나자 영암 큰스님이 한숨과 함께 불호를 외웠다.

"나무아미타불……."

그때, 선욱이 갑자기 법당 밖으로 몸을 날렸다.

투닥거리는 소리가 순간 들리는가 싶더니 선욱이 다시 법당 안으로 들어왔다. 그런데 그의 왼쪽 팔에는 사내 한 명이 축 늘어진 채 들려 있었다.

선욱이 그를 바닥에 내려놓더니 목덜미를 가볍게 쳤다.

"큭! 으으……."

그가 곧바로 정신을 차리더니 경계 어린 표정으로 주변을 살폈다.

"헉! 이럴 수가……."

그는 붕대를 칭칭 감고 누워 있는 사내들과 선욱의 모습을 보고는 기겁한 표정으로 뒤로 물러났다.

영암 큰스님이 그를 쳐다보더니 물었다.

"누구신가?"

그가 대답하는 대신 연신 눈알을 굴리며 주변을 두리번거리다가 품속에서 칼을 꺼냈다.

하지만 칼을 쥔 손이 가늘게 떨리는 것으로 보아 겁을 많이 먹은 듯했다.

선욱이 그에게 천천히 다가갔다.

그가 두려움에 찬 표정으로 뒤로 물러나다가 등이 벽에 닿았다.

그러자 '차앗!' 하는 소리와 함께 선욱을 향해 몸을 날리며 칼을 휘둘렀다.

선욱이 가볍게 그의 칼을 피하더니 수도로 손목을 내리쳤다.

빠각!

뭔가 부러지는 섬뜩한 소리와 함께 칼이 법당 바닥에 떨어졌고, 그는 비명을 지르며 쓰러졌다.

"크아아아!"

선욱이 그에게 다가가더니 손으로 목덜미를 잡아 질질 끌고는 영암 큰스님 앞으로 데려갔다.

영암 큰스님이 선욱과 그를 번갈아 가며 쳐다보더니 한숨과 함께 또다시 불호를 외웠다.

선욱이 그를 향해 낮은 목소리로 말했다.

"스님께서 물어보신다. 어서 대답해."

그는 고통으로 일그러진 표정을 지은 채 선욱과 영암 큰스님을 번갈아 가며 쳐다보았다.

산문에서 기다리다가 비명 소리가 잇달아 들리기에 무슨 일인가 싶어 올라왔다가 선욱에게 당하고 보니 상황이 어떻게 되었는지 알 것 같았다.

그가 두려운 표정으로 선욱을 쳐다보았다.

조직에서 알아주는 칼잡이 다섯을 반병신으로 만들었을 뿐 아니라, 자신도 눈 깜짝할 사이에 팔이 부러져 제압되고 말았다. 지금까지 살아오면서 날고 긴다는 싸움의 고수들을 겪어 본 그였지만, 이런 경우는 처음이었다.

더구나 자신을 제압한 젊은 청년의 눈빛만 봐도 심장이 오그라드는 느낌이었다.

"나, 나는……."

"그만두게."

영암 큰스님이 그에게 다가가더니 부러진 팔을 다시 맞춰 주려 했다.

그가 주춤거리며 뒤로 물러나려 하자 선욱의 목소리가 다시 들렸다.

"가만히 있어."

그는 그 한마디에 꼼짝도 하지 못했다.

영암 큰스님이 그의 입에 헝겊을 물린 후, 부러진 손목을 맞춰 주고는 부목까지 대 주었다.

그는 고통에 표정을 일그러뜨리며 이해할 수 없다는 눈빛으로 영암 큰스님을 바라보았다.

영암 큰스님이 그를 향해 말했다.

"미물만도 못한 이 늙은이의 목숨이 그렇게 중요하단 말인가? 허허허."

그가 고개를 숙인 채 아무 말도 하지 못했다.

선욱이 그의 어깨를 가볍게 쳤다.

순간 뼈가 으스러지는 듯한 통증이 밀려와 신음성을 흘렸다.

"크으으으......"

"누가 보냈지?"

그는 이를 악문 채 고개를 가로저었다.

선욱이 스산한 표정을 짓더니 다시 그에게 손을 쓰려 했다. 그러자 영암 큰스님이 막았다.

"그만두게."

선욱이 영암 큰스님을 쳐다보고는 손을 거두었다.

그는 도무지 이해할 수 없었다.

자신의 목숨을 빼앗으려는 자들을 법당 안으로까지 데리고 들어와 치료까지 해 주었다. 그리고 자신의 목숨을 미물만도 못하다고 말한다.

만약 그들이 자신의 목숨을 노렸다면, 죽이지는 않는다

해도 두 번 다시 걸어 다니지 못할 정도의 응징을 가했을 것이다.

"오늘 밤은 여기서 보내고, 날이 밝으면 조심해서 내려가게. 약이 없으니 고통을 덜어 줄 수는 없겠군. 아미타불."

영암 큰스님은 부처님 앞으로 다가가더니 가부좌를 하고 앉아 목탁을 들었다. 그리고는 염불을 외우가 시작했다.

선욱이 영암 큰스님의 좁은 등을 쳐다보았다.

자그마한 체구였지만, 태산처럼 크고 거대한 바위처럼 무겁게 느껴졌다.

선욱이 손목에 부목을 대고 있는 자들에게 눈짓을 했다.

그러자 그들이 법당 구석으로 가더니 줄지어 앉았다.

선욱이 눈을 부라리자 그들은 급히 자세를 바꾸어 꿇어앉았다.

손목이 으스러져 기절해 있는 두 사내들은 얼마나 고통스러운지 계속해서 신음성을 흘리고 있었다.

선욱이 미간을 찌푸린 채 그들을 내려다보다가 가볍게 손을 썼다.

그러자 그들의 신음성이 그쳤고, 표정이 한결 편안하게 변했다.

대명과 대운 스님이 갑자기 영암 큰스님 바로 뒤로 가더니, 합장을 한 채 무릎을 꿇고 앉아 눈을 감았다.

그렇게 얼마나 시간이 흘렀을까.

마침내 날이 밝았다.

선욱은 오만상을 찌푸리며 꿇어앉아 있는 사내들에게 나지막한 목소리로 말했다.

"저 쓰레기들을 들춰 업고 여기서 사라져!"

사내들이 흠칫하더니 몸을 일으켰다.

하지만 모두들 그 자리에 다시 고꾸라졌다.

밤새도록 꿇어앉아 있었으니 무릎이 제대로 펴지지 않았던 것이다.

"빨리 꺼지지 않으면 기어서 내려가게 만들어 주겠다."

선욱의 말에 그들은 기겁한 표정으로 억지로 몸을 일으켰다. 그리고는 누워 있던 두 명의 동료들을 데리고 억지로 법당을 나갔다.

선욱은 그들을 쫓아가 목적을 알아내려다가 그만두었다.

영암 큰스님의 뜻을 거스르고 싶지 않았던 것이다.

그는 부엌에서 걸레를 가지고 왔다. 그리고는 엉망이 된 법당을 깨끗이 치우기 시작했다.

선욱이 청소를 마쳤을 때쯤, 영암 큰스님이 염불을 마치고 눈을 떴다.

그러자 그의 뒤에 합장을 하고 나란히 앉아 있던 대명, 대운 스님도 눈을 떴다.

대운, 대명 스님이 영암 큰스님을 향해 머리를 조아렸다.

"큰 스님을 뵐 면목이 없습니다. 아미타불."

"큰 스님, 용서하십시오."

그들은 지난밤에 있었던 일들이 어디서 어떻게 비롯되었는지 어느 정도 눈치채고 있었다. 천화사의 총무원장인 진해 스님을 주지로 밀고 있는 세력이 꾸민 일이 분명했다.

더구나 진해 스님은 서울에서 유명한 조폭 보스와 함께 어울리기까지 하지 않았던가.

영암 큰스님이 희미한 미소를 지으며 그들에게 말했다.

"너희들은 뭘 느꼈느냐?"

"세상이 참으로 무섭다는 걸 느꼈습니다."

"저는 허망하다는 생각이 듭니다. 나무아미타불."

영암 큰스님이 고개를 끄덕였다.

"선재로다. 너희들이 작은 깨우침이라도 얻었으니 참으로 다행이다. 그만 돌아가도록 해라."

대명과 대운 스님이 걱정스럽다는 표정을 지었다.

"큰스님께서도 함께 가시지요. 여기 계시면 위험합니다."

"그렇습니다. 저희와 함께 거처를 옮기시지요."

영암 큰스님이 그들을 보며 혀를 찼다.

"쯧쯧쯧, 아직 멀었구나."

두 스님들이 고개를 숙였다.

"큰스님……."

"뭘 하고 있어? 어서 떠나지 않고."

대명과 대운 스님은 영암 큰스님에게 합장을 하며 허리를 숙였다. 그리고는 곧바로 선방으로 돌아가 짐을 챙겨 나왔다.

선욱이 그들을 산문까지 배웅했다.

"그럼 조심히 가십시오."

두 스님들은 선욱에게 뭔가 말을 하고 싶은 눈치였지만, 미적대고 있었다.

"하시고 싶은 말씀이 있으면 하십시오."

대운 스님이 살짝 주저하더니 입을 열었다.

"처사께서 무슨 일을 하시는 분인지는 모르겠지만……우리 큰스님 잘 부탁합니다."

선욱은 내심 실소를 흘렸다. 자신이 지난밤 암자를 침입했던 자들을 제압하는 모습에 두 스님들은 많이 놀랐던 모양이었다.

선욱이 두 스님 앞에서 손을 가지런히 모았다.

"알겠습니다. 조심해서 가십시오."

"그럼 잘 부탁드립니다."

두 스님들은 선욱에게 정중히 합장을 한 후, 암자를 떠났다.

그들이 산 아래로 사라지는 모습을 잠시 지켜보던 선욱이 다시 용문암으로 돌아왔다.

그런데 그곳에서 영암 큰스님이 선욱을 기다리고 있었다.

"잠시 들어오시게."

선욱은 그를 따라 법당 안으로 들어갔다.

영암 큰스님이 잠시 선욱을 아무 말 없이 쳐다보더니 불호를 외우며 중얼거렸다.

"나무아미타불 관세음보살. 선재로다……."

"많이 놀라지 않으셨습니까?"

"허허허, 이 땡초는 기절초풍하는 줄 알았네."

"전혀 그렇지 않으시던데요?"

"내가 원래 담이 작기로 유명하다네."

"스님도 참……."

"처사가 지닌 재주가 참으로 놀랍더군."

"잔재주에 불과할 따름입니다."

"재주에 크기가 어디 있나? 작게 쓰이면 잔재주지만 크게 쓰이면 큰 재주일세."

"영암 큰스님을 구했으니 그럼 큰 재주인 셈이군요."

"허허허, 미물만도 못한 이 땡초의 목숨을 구하느라 재주를 썼으니 그건 잔재주일세."

"그런데 어떻게 하실 겁니까? 정말 이 암자에 계속 머무실 참이십니까?"

"절이 싫으면 중이 떠난다는 말이 있긴 하지만, 이 땡초는 여기가 좋아서 떠나지 못하겠네."

"그자들은 이대로 물러나지 않을 겁니다. 분명히 다시 찾아올 것입니다."

"그래서 도망치라는 말인가?"

"가만히 앉아서 그들에게 당하는 게 오히려 어리석은 일 아닐까요?"

"허허허, 말 한번 잘했네. 이 땡초는 세상에서 가장 멍청하고 어리석은 사람일세. 그러니 오늘 당장 그들에게 맞아 죽어도 싼 사람일세."

"스님도 참……."

"처사나 떠나시게."

"예?"

"내 한 목숨 내어 주면 끝날 일인데, 처사가 여기 있으면 많은 사람들이 상할 것일세. 그래서 하는 말이네."

선욱은 어이가 없다는 듯 고개를 절레절레 흔들었다.

자신의 목숨을 마치 깨진 찻잔 다루듯 하는 사람은 처음이었다.

선욱은 영암 스님이 정말 큰스님인지 땡초인지 알 수 없지만 한 가지는 분명하다고 생각했다. 그는 결코 보통 스님이 아니라는 사실이었다.

✠　✠　✠

서울 강북구에 있는 어느 룸살롱.

강북구에서 가장 번화한 곳에 있는 이 룸살롱은 모든 면에서 업계 최고다. 하루 매출이 억대를 넘는 이런 노른자위 룸살롱의 주인이 평범한 사람일 리가 없다.

김용수.

일명 용수파의 보스이며, 강북구에서는 이름이 제법 알려진 조폭이다.

룸살롱 가장 깊숙한 곳에 있는 호화로운 방.

그곳에 김용수가 있었다.

그는 가장 상석에서 양주잔을 기울이고 있었는데, 그의 주위로 대여섯 명의 사내들이 굳은 표정으로 앉아 있었다.

그리고 그의 맞은편에는 오른팔에 깁스를 한 사내 한 명이 꿇어앉아 있었는데, 그는 바로 선욱이 머물던 용문암에 스님 한 명을 죽이러 갔다가 쫓겨난 조폭들의 우두머리였다.

고개를 푹 숙인 채 눈동자를 연신 좌우로 굴리는 것으

로 보아, 그가 두려움에 떨고 있다는 사실을 알 수 있었다.

한동안 아무 말 없이 양주잔을 기울이던 용수파의 보스 김용수가 마침내 잔을 내려놓았다.

그가 곁에 있는 날카로운 인상의 사내를 향해 고개를 돌렸다.

"영춘아, 저 새끼가 한 말이 말이냐 개방귀냐?"

보스의 질문을 받은 날카로운 인상의 사내, 용수파 행동대장이자 서열 3위의 사내 고영춘이 절도 있는 동작으로 고개를 숙이면서 즉각 대답했다.

"개방귀처럼 들립니다, 형님."

"그렇지? 내 귀에도 그렇게 들린단 말이야. 도대체 여섯 놈이 하나를 당하지 못하고 모조리 팔이 부러져서 돌아온다는 게 말이나 되냔 말이야."

보스의 맞은편에 무릎을 꿇고 있는 사내가 온몸을 부르르 떨면서 필사적으로 변명을 늘어놓았다.

"혀, 형님, 믿어 주십시오. 정말 최선을 다했습니다. 하지만 놈은 인간이 아니었습니다. 눈 깜짝할 사이에 애들을 제압하고……."

그의 말이 여기에 이르렀을 무렵, 김용수가 눈앞에 있던 양주병을 그에게 집어 던졌다.

와장창!

양주병은 그의 머리를 아슬아슬하게 스치고 지나가 문에 부딪쳐 깨졌다.

사내가 그 자리에 엎드렸다.

"혀, 형님! 살려 주십시오! 형님!"

"병신 같은 새끼……. 그 일이 얼마나 중요한 것인 줄도 모르고……. 야, 이 새끼야! 남은 한 팔로 절에 불이라도 질렀어야 할 거 아냐! 팔 하나 부러졌다고 개새끼마냥 꼬랑지를 내리고 도망쳐? 그러고도 네가 건달이라고 할 수 있냐? 응? 대답해 봐, 새꺄!"

"혀, 형님! 용서하십시오. 하지만 그 녀석은 정말……."

"그 새끼가 뭐? 니 애비라도 돼? 말해 봐, 이 새끼야!"

이번에는 양주잔이 날아가서 문에 부딪쳐 깨졌다.

쨍그랑!

그가 바닥에 납작 엎드렸다.

"뭐하고 있어? 저 새끼 끌어내! 꼴도 보기 싫다."

입구 쪽에 앉아 있던 사내 둘이 그의 팔을 양쪽에서 잡아 일으키더니 질질 끌고 밖으로 나갔다.

김용수는 주먹을 불끈 거머쥐더니 옆으로 고개를 돌렸다.

"영춘아."

행동대장 고영춘이 그를 향해 머리를 숙였다.

"예, 형님."

"네가 가야겠다."

고영춘이 회심의 미소를 지었다.

"알겠습니다, 형님."

"무슨 일이 있어도 그 중놈을 죽여 버려야 해. 알겠어?"

"맡겨 주십시오, 형님."

"만약 너까지 실패하면…… 우린 다 죽는다."

김용수의 말에 고영춘이 흠칫하는 표정을 지었다.

보스의 목소리나 표정이 심상치 않았기 때문이다.

"알겠습니다, 형님. 무슨 일이 있어도 그 중놈을 죽이겠습니다."

그가 자리에서 일어나더니 결연한 표정으로 방을 나갔다.

김용수가 한숨을 내쉬며 술을 마시려고 자신의 잔을 찾다가 버럭 소리를 질렀다.

"뭐해? 술 가져와!"

서빙하는 아가씨가 곧바로 새로운 양주와 잔을 가져왔다.

김용수가 신경질적으로 양주를 자신의 잔에 따랐다.

그때, 그의 핸드폰이 울렸다.

"이 시간에 무슨 전화야! 여보세요!"

그의 표정이 갑자기 변했다.

"헉! 아…… 예! 잠시만……."

그가 주변에 앉아 있는 부하들에게 소리쳤다.

"너희들 다 나가 있어!"

부하들이 영문을 알 수 없다는 표정을 지으며 보스를 쳐다보았다.

"뭐해! 어서 나가라니까!"

깜짝 놀란 부하들은 그제야 밖으로 나갔다.

그들이 나가고 나자 김용수는 핸드폰을 자신의 귀로 가져갔다.

"예, 말씀하십시오."

핸드폰에서 부드러운 여성의 목소리가 들려왔다.

— 어떻게 된 거죠? 오늘이면 결과가 나올 거라고 말하지 않았어요?

부드럽고 나긋나긋한 목소리였지만, 김용수의 얼굴은 마녀의 저주라도 받은 듯 사색이 되었다.

"그, 그게 조금 차질이 있어서……. 하지만 염려 마십시오. 내일까지 좋은 소식을 전해 드리겠습니다."

— 확실한가요?

"무, 물론입니다. 꼭 완수하겠습니다. 걱정 마십시오."

— 좋아요. 내일까지 기다리죠.

"한데, 어르신께서는 잘 계시는지……."

딸깍!

상대가 갑자기 전화를 끊는 바람에 김용수는 머쓱한 표정을 지었다.

하지만 험하기로 소문난 그의 입에서 욕설은 한 마디도 들을 수 없었다. 방금 전화를 한 여성이 누군지 몰라도 상당히 두려워하는 게 분명했다.

그가 술잔을 들어 단숨에 들이켰다.

다시 술병을 들고 잔에 따르려는데 초조함 때문인지 손이 떨렸다.

'젠장! 이렇게 후들거리는 게 얼마만이냐……. 진작에 영춘이를 보낼 것을 그랬어. 늙어 빠진 중놈 하나 때려잡는 게 이렇게 힘들 줄이야…….'

김용수가 고개를 절레절레 흔들었다.

✠ ✠ ✠

용문암에 침입한 자들을 때려잡아 산을 내려 보낸 게 불과 이틀 전이었다.

그런데 또다시 불청객이 산문을 넘었다.

이번에는 벌건 대낮에 들이닥쳤다. 숫자도 많았고, 온갖 흉기를 들었을 뿐 아니라 휘발유 통까지 짊어지고 있었다.

용문암 자체를 말살시키려는 의도가 아닐 수 없다.

선욱은 우선 휘발유 통을 든 자들부터 모조리 제압해 다리 하나씩을 분질렀다. 그리고 흉기를 든 자들은 양팔을 모조리 부러뜨렸다.

열 명이 넘는 조폭들이 순식간에 법당 앞마당에 모조리 널브러졌다.

영암 큰스님은 그들이 가져온 흉기와 휘발유 통을 보더니 불호만 외웠다.

선욱은 그들의 팔다리 근맥까지 절단해 버리려다가 신성한 법당 앞에서 할 짓이 아닌 것 같아 참았다. 어차피 그들은 보스의 명령에 따라 움직이는 피라미일 따름이었다.

"나무아미타불 관세음보살. 저들이 무슨 죄가 있겠는가. 모두 이 땡초의 악업 때문이니……."

그는 앞마당에 줄지어 쓰러져 있는 조폭들을 둘러보더니 다시 말했다.

"이 땡초가 스스로 목숨을 거둘 테니, 대신 더 이상 이곳을 찾지들 말게. 알겠는가?"

조폭들은 물론 선욱도 영문을 알 수 없다는 표정을 지었다.

영암 큰스님이 갑자기 그들이 가져온 휘발유 통을 들어 올리더니 자신의 머리에 부었다.

콸콸콸!

그리고는 그 자리에 가부좌를 하고 앉았다.

"어서 불을 붙이게."

조폭들은 팔다리가 부러진 고통조차 잊은 채 영암 스님을 쳐다보며 입을 딱 벌렸다.

선욱이 급히 소리쳤다.

"스님, 이게 무슨……."

"처사는 나서지 말게."

나지막한 목소리였지만 왠지 위엄이 느껴졌다.

선욱이 움찔하는 사이, 조폭 하나가 라이터를 꺼냈다.

그리고 영암 큰스님의 몸에 불을 붙이려는 순간, '퍽!' 하는 소리와 함께 그가 멀찌감치 나가떨어졌다.

영암 큰스님이 선욱을 향해 소리쳤다.

"처사는 나서지 말라고……. 음!"

그는 말을 채 끝내지도 못하고 정신을 잃고 쓰러졌다.

선욱이 그의 혈을 제압한 것이다.

선욱은 재빨리 영암 큰스님을 안아 들었다.

아무리 생각해도 이해할 수 없었다.

영암 큰스님은 자신을 죽이려는 자들에게는 전혀 죄가 없고, 스스로의 악업 때문이라고 말한다.

선욱의 관점에서는 불가사의한 사고방식이다.

하지만 기이하게도 마음에 느껴지는 게 있었다.

그게 무엇인지 알 수는 없었지만, 지금까지 선욱이, 아니 지온프리드로서 살아온 전생을 통틀어 접해 보지 못한 전혀 새로운 어떤 것이었다.

선욱은 노승을 안아 든 채 깊은 생각에 빠졌다.

주위에 있던 조폭들이 고통을 참으며 몸을 일으키더니 선욱의 눈치를 보다가 그대로 줄행랑을 놓았다.

그들이 떠난 후에도 선욱은 노승을 안아 든 채 움직일 줄 몰랐다.

2장

용문암의 총성

"뭐, 뭐? 또 실패해!"

김용수는 용문암을 찾아갔던 수하들이 팔다리가 부러진 채 쫓겨 나왔다는 청천벽력 같은 소식을 듣고 그 자리에 주저앉았다.

영암 큰스님이 스스로 죽겠다고 몸에 휘발유를 끼얹은 일, 그리고 그걸 제지한 선욱에 대한 보고는 귀에 아예 들어오지도 않았다. 중요한 건 임무를 실패했다는 사실뿐이다.

한동안 멍한 표정으로 주저앉아 있던 김용수의 핸드폰이 그때 울렸다.

김용수는 마치 귀신이라도 만난 듯한 표정을 짓더니 핸

드폰의 배터리를 뽑았다. 그리고는 곧바로 자신의 승용차로 뛰어갔다.

황당한 표정을 짓고 있는 수하들에게 그가 마지막으로 한마디 던졌다.

"모두 도망쳐!"

그는 곧바로 승용차를 직접 몰고는 어디론가 떠났다.

남은 조폭들이 서로 쑥덕거렸다.

"형님께서 도대체 왜 저러시는 겁니까?"

"나도 모르겠다. 얼마 전에 강남에서 귀빈을 만난 후에 입이 귀에 걸려서 싱글벙글하시더니 갑자기 저러시는 이유를 모르겠다."

"이제 어떻게 해야 하는 겁니까?"

"일단 잠적한다. 형님이 저러시는 데에는 이유가 있을 거다."

"하, 하지만 벌려 놓은 사업이 얼만데……."

"사는 게 먼저다."

조폭들은 제각기 살길을 찾아 도망쳤다.

한편, 자신의 승용차를 몰고 가던 김용수는 연신 백미러와 사이드미러를 확인했다. 한때 조폭들 사이에 독종으로 소문났던 그였지만, 지금은 겁에 질린 하루살이나 다름없는 모습이었다.

그는 서울을 벗어나 강원도로 향했다.

동해안 어딘가에 있는 별장을 향해서다.

만약의 사태에 대비한 은신처로, 자신의 수하들조차 그 별장의 존재와 위치를 알지 못했다.

그곳에는 자신이 평생 먹고살 돈과 보석을 숨겨 두었을 뿐 아니라, 현지처도 있었다.

김용수는 별장 앞에 차를 멈춘 후, 곧바로 안으로 뛰어 들어갔다.

"사장님! 소식도 없이 갑자기……."

어여쁜 아가씨 한 명이 침실에서 TV를 보고 있다가 깜 작 놀라서 뛰어나왔다.

김용수가 사색이 된 표정으로 소리쳤다.

"문 다 잠가!"

아가씨는 불안한 표정으로 문을 걸어 잠갔다.

"도대체 무슨 일이에요?"

"다 잠갔어? 창문은?"

"창문도 잠갔어요."

"잘했어."

김용수는 그제야 안도의 한숨을 내쉬더니 소파에 몸을 묻었다.

"휴우!"

"사장님……."

"인혜야, 오늘부터 우린 쥐 죽은 듯이 사는 거다."

"네?"

"집밖으로는 한 발자국도 나갈 생각 마라. 필요한 게
있으면 전부 배달시켜."

"무슨 일이기에……."

"살고 싶으면 시키는 대로 해!"

"아, 알았어요. 무서워요, 사장님."

"젠장! 내가 더 떨린다."

김용수는 그녀를 품에 꼭 끌어안고 몸을 떨었다.

그날 밤, 그는 잠이 오질 않아 양주 한 병을 비우고 술
김에 잠자리에 들었다.

뭔가에 쫓기는 듯 헛소리까지 하면서 잠에 빠져 있던
김용수는 스산한 느낌에 눈을 번쩍 떴다.

달빛이 어슴푸레 비치는 창가에 검은 인영 하나가 소리
없이 서 있는 게 그의 눈에 들어왔다.

잠갔다던 창문은 활짝 열려 있었고, 서늘한 바람이 거
기서 들어왔다.

김용수는 두려움에 찬 표정을 지으며 주춤거렸다.

그의 손이 베개 아래쪽으로 슬그머니 들어갔다.

창가에 서 있던 검은 인영이 천천히 다가왔다.

눈동자의 흰자위와 이빨이 어둠 속에서 유달리 하얗게
보였다.

"으음! 무슨 일이에요?"

김용수 옆에 누워 있던 여자가 잠에서 깨어나 몸을 일으키다가 방 한가운데 서 있는 검은 인영을 보고 뾰족한 비명을 질렀다.

"꺄악!"

김용수가 왼팔로 그녀의 어깨를 감쌌다.

그녀는 온몸을 바르르 떨며 김용수의 가슴에 머리를 기댔다.

그때, 검은 인영이 나지막한 목소리로 말했다.

"이번 일을 맡았을 때 실패는 곧 죽음이라고 미리 말했을 텐데?"

"으으……"

김용수가 눈동자를 굴리며 신음성을 흘렸다.

빠져나갈 구멍은 전혀 보이지 않았다.

검은 인영의 손에서 푸르스름한 빛이 번뜩였다.

칼이었다.

김용수가 품에 안고 있던 여자를 옆으로 확 잡아채며 그를 향해 밀었다. 그와 동시에 여자의 등 뒤에 몸을 숨긴 채 검은 인영을 향해 몸을 날렸다.

김용수의 오른손에는 어느새 날이 시퍼런 칼이 들려 있었고, 그 칼은 검은 인영의 복부를 향해 매섭게 날아갔다.

검은 인영은 침착하게 자신을 향해 쓰러지는 여성의 어깨를 잡아 빙글 돌렸다.

그러자 김용수가 찌른 칼이 그녀의 배에 박혔다.

"아악!"

처절한 비명이 그녀의 입에서 터져 나왔고, 다음 순간 검은 인영의 손이 움직였다.

핏!

뭔가 베어지는 가벼운 소리와 함께 김용수가 자신의 왼쪽 목을 잡고 비틀거렸다.

붉은 피가 손가락 사이로 뭉클 솟아났다.

"끄으으으!"

그가 비틀거리며 뒤로 물러나다가 벌렁 쓰러졌다.

검은 인영이 쓰러진 김용수 앞으로 천천히 다가오더니, 그가 죽어가는 모습을 물끄러미 내려다보았다.

그는 김용수의 눈에서 생명의 빛이 완전히 꺼지는 것을 본 후에 방을 나가 부엌으로 갔다. 그리고는 도시가스 파이프를 절단한 후, 전자레인지에 뭔가를 넣고 타이머를 작동시켰다.

전자레인지가 작동하기 시작하는 것을 확인한 후, 그는 곧바로 집을 나갔다.

그가 집에서 50여 미터가량 떨어진 곳에 서 있는 승용차에 탔다. 그 순간 섬광과 함께 폭발이 일어났다.

번쩍! 꽝!

맹렬한 불길을 뿜어내며 무서운 기세로 타오르는 집을

잠시 지켜보던 그는 승용차를 몰고 유유히 그곳을 떠났다.

국도를 따라 30분 정도를 달린 그가 차를 멈추더니 핸드폰을 꺼냈다.

"완수했습니다."

차분한 여성의 목소리가 핸드폰 너머로 들려왔다.

— 깨끗이 처리했겠죠?

"물론입니다. 경찰은 아무 흔적도 발견하지 못할 겁니다."

— 좋아요. 일단 복귀한 후, 팀원들과 함께 두 번째 임무를 완수하세요.

"팀원들과 함께 말입니까?"

— 그래요.

"그 정도의 임무라면 저 혼자서도 충분히……."

— 지시하는 대로 하세요.

딸칵!

사내는 미간을 찌푸리더니 핸드폰을 내려놓았다.

"고작 늙은이 하나를 제거하는 일에 팀 전체를 투입한다고? 이해할 수 없군. 뭐, 상관이야 없지. 돈을 지불하는 건 그쪽이니."

그가 희미하게 웃더니 가속페달을 밟았다.

✠ ✠ ✠

"반야바라밀다심경 반 자제보살……."

영암 큰스님의 염불 소리가 법당에서 은은하게 들려왔다.

선욱은 빗자루를 들고 마당을 청소하면서 염불 소리를 들었다. 용문암에서 지내는 동안 항상 들어온 염불이라 이젠 귀에 익숙해졌다. 때문에 염불 소리가 들리지 않으면 오히려 이상할 정도였다.

'염불이라는 게 중독성이 있나 보군. 자꾸 들으니 이상하게 마음에 와 닿는군.'

선욱은 잠시 비질을 멈춘 채 염불 소리에 귀를 기울였다.

시원한 바람이 불어오는 가운데 염불 소리를 듣고 있자 마음이 편안해졌다.

항상 머릿속에 남아 있던 신수지의 얼굴과 목소리가 지금은 잠시 잊힌 것 같았다.

어느덧 선욱의 입가에 희미한 미소가 나타났다.

깊은 산속에 있는 암자에서의 생활에 완벽히 적응한 자신을 발견한 것이다.

'스님의 말대로 내가 이 암자에서 계속 살게 될지도 모르겠군. 후후후.'

산속에서의 삶. 전생의 지욘프리드도 그런 생각을 자주

했었다. 하지만 그는 자타가 공인하는 최강의 기사였고, 그런 그를 사람들은 가만히 내버려 두지 않았다.

때문에 항상 부산한 삶을 살아온 지욘프리드였다.

선욱은 다시 비질을 시작했다.

싸악! 싸악!

싸리나무로 만들어진 빗자루가 흙바닥을 쓸 때마다 나는 소리가 유달리 경쾌하게 느껴진다.

선욱은 이 암자의 마당처럼 자신의 마음도 깨끗이 청소가 되는 것 같다 생각했다.

그렇게 한창 비질을 하던 선욱이 갑자기 움직임을 멈추었다.

언제부터인가 들리던 산새 소리가 그쳤던 것이다.

그리고 기이한 느낌이 들기 시작했다.

불안감이었다.

"뭔가?"

선욱의 육감은 남다르다. 그리고 거의 틀려 본 적이 없었다.

지금 그의 육감은 선욱에게 위험을 경고하고 있었다.

선욱이 허리를 펴고는 눈을 감았다.

바람 소리와 나뭇가지가 흔들리는 소리, 그리고 바람에 땅바닥을 구르는 낙엽들의 소리가 그의 온몸을 통해 들리고 또 느껴졌다.

그런데 그 가운데 심한 부조화가 있었다.

자연스러운 흐름을 역행하는 그런 부조화였다.

갑자기 뒷머리가 쭈뼛 서더니, 저릿한 기운이 심장을 파고드는 것 같았다.

'살기다!'

선욱은 위급함을 느끼고 급히 몸을 낮추었다.

그 순간 날카로운 파공음이 허공을 스쳤다.

핑!

푸숙!

선방 벽이 파여 나가더니 돌가루가 튀었다.

'저격이다!'

그러나 총성은 들리지 않았다. 소음기를 부착한 모양이었다.

선욱의 안색이 무섭게 가라앉았다.

사실 지금 선욱이 지닌 능력이라면 세상에 두려울 것이 없었다. 하지만 단 한 가지, 저격만은 두려웠다.

아무리 선욱이라고 해도 능력을 발휘하지 않고 있을 때 소리 없이 날아드는 총탄만큼은 막아 내기 어려웠다. 그리고 그 총탄은 선욱을 죽일 수 있을 정도로 충분히 강하고 위력적이었다.

선욱은 마나홀의 기운을 끌어 올린 후, 영암 큰스님이 염불을 하고 있는 법당을 향해 몸을 날렸다.

피비비빙!

파바바바바벗!

총탄이 연이어 날아들었고, 사방에서 흙과 돌가루가 마구 튀었다.

선욱은 불가사의할 정도로 빠르게 움직여 법당 안으로 뛰어 들어갔다. 그리고는 영암 큰스님을 낚아채듯 안고는 부처님이 모셔져 있는 재단 아래로 굴러 들어갔다.

곧이어 헤아릴 수 없이 많은 총탄이 잇달아 날아들며 법당 안을 초토화시키기 시작했다.

파바바바벗!

선욱의 품에 안겨 있던 영암 큰스님이 한숨을 내쉬었다.

"허! 이게 또 무슨 일인고."

"스님을 해치려는 자들…… 일개 조폭 따위가 아니군요. 이들은 특수부대나 용병들입니다."

"나무아미타불 관세음보살."

영암 큰스님이 불호를 외우더니 눈을 감았다.

한동안 쏟아지던 총탄이 어느 순간 뚝 그쳤다.

"이만 나를 놓으시게. 내 목숨만 내놓으면 저들은 물러갈 것이네."

"이미 늦었습니다."

"나무아미타불……."

"스님은 가만히 계십시오. 제가 처리하겠습니다."

선욱은 영암 큰스님을 놓고는 몸을 일으켰다.

법당은 엉망이 되어 있었다. 재단 위에 모셔져 있던 부처님의 상에는 온통 총탄 자국이 있었고, 촛불이나 향, 그리고 과일 등이 바닥에 쏟아져 있었다.

그 모습을 둘러보던 선욱의 두 눈에 은은한 분노의 빛이 떠올랐다.

선욱이 부서져 버린 법당의 문밖을 향해 고개를 돌렸다.

완전무장을 한 용병 차림의 사내 한 명이 기관총을 든 채 서 있는 모습이 보였다.

용병 차림의 사내가 선욱을 보더니 씩 웃었다.

"빨리 나와. 깨끗이 끝내 줄 테니까."

선욱이 그를 노려보며 법당을 나갔다.

마당에 세 명의 사내들이 몇 미터 간격으로 서서 법당을 향해 총을 겨누고 있었다.

그들이 들고 있는 기관총의 총구에서 희미한 연기가 피어오르고 있었다.

선욱이 밖으로 나오자 총구의 방향이 일제히 그를 향했다.

"상당히 운이 좋은 녀석이군."

그들 중 한 명이 선욱을 향해 말하며 방아쇠를 당기려

했다.

그 순간, 선욱의 오른손에서 요검이 모습을 드러냈다.

용병들이 흠칫하는 표정을 짓더니 재미있다는 듯 호기심 어린 눈빛을 했다.

"호오! 검으로 총을 상대하시겠다고?"

"그런 검을 어떻게 숨겨 뒀지? 신기하군."

"재미있는 녀석이야. 후후후."

선욱이 요검을 천천히 들어 올렸다.

강렬한 기세가 그의 온몸에서 불길처럼 일어났다.

용병들이 그의 기세를 느끼고는 안색을 굳혔다.

"조심해! 보통 녀석이 아니다."

그들이 경각심을 가지는 순간, 선욱의 요검이 움직였다.

슈아악!

뭐가 어떻게 된 건지 알 수 없었다.

뭔가 섬뜩한 기운이 용병들의 코앞을 스치듯 지나갔고, 다음 순간 그들이 들고 있던 기관총이 그대로 두 동강이 나서 땅에 떨어졌다.

용병들 모두 경악한 표정을 짓더니 뒤로 물러났다.

그리고는 허리춤에서 재빨리 권총을 뽑아 들었다.

선욱의 검이 다시 움직였다.

피비빗!

이번에는 그들의 권총이 두 동강 나서 땅에 떨어졌다.

용병들 모두 두 눈을 부릅떴다.

이건 있을 수 없는 일이었다. 상대가 움직이는 것을 제대로 보지도 못했는데, 총이 두 동강이 나 버리다니 말이다.

검도의 고수가 짚으로 만들어진 인형을 베는 건 TV로 본 적이 있었다. 하지만 강철로 만들어진 총까지 벨 줄은 상상도 하지 못했던 것이다.

아니, 자신들이 알기에 그건 불가능한 일이었다.

선욱은 원래 서 있던 자리에서 한 걸음도 움직이지 않은 것 같았다.

그때, 그가 갑자기 검을 휘둘렀다.

하얀 빛이 순간적으로 검에서 일어나더니 벽이 만들어졌다.

핑!

파공음과 함께 어디선가 날아온 총알 하나가 그 벽에 막혀 튕겨 나갔다.

저격이었다.

세 명의 용병들이 주춤거리며 뒤로 물러났다.

그들의 눈에 선욱은 괴물처럼 보였다.

"어, 어떻게……."

선욱이 그들을 천천히 둘러보더니 물었다.

"너희들을 보낸 자는 누군가?"

용병들의 허리춤에는 아직 단검 한 자루가 매달려 있었지만, 그 누구도 그걸 뽑을 생각조차 하지 못했다.

선욱이 굳은 표정으로 그들 중 한 사람에게 다가가려는 순간, 법당 안에서 영암 큰스님이 걸어 나왔다.

휙!

선욱의 몸이 영암 큰스님의 앞을 가로막더니, 다시 흰 빛이 번뜩였다.

핑!

총알이 또다시 그의 베리어에 막혀 튕겨 나갔다.

선욱의 시선이 용문암 맞은편에 있는 산을 향했다.

거리는 대략 1킬로미터가량 되었는데, 그가 노려보는 나무 위에서 빛이 반짝였다. 망원렌즈에서 반사된 빛이었다.

"귀찮은 녀석이군……."

"나무아미타불 관세음보살."

영암 큰스님은 선욱의 불가사의한 능력을 눈앞에서 목격했지만 크게 놀라는 것 같지 않았다.

그는 나지막한 목소리로 불호를 외우더니 마당에 있는 세 명의 용병들을 향해 물었다.

"누가 시주들을 보냈소?"

용병들은 퍼렇게 질린 표정으로 아무 말도 하지 못했다.

"그만 돌아들 가시오. 이 땡초의 목숨을 아직 하늘이 원치 않나 보오."

신성한 법당에 총질을 해서 엉망으로 만들어 놓은 자들을 다시 그냥 보내려는 영암 큰스님을 보고도 선욱은 더이상 놀라지 않았다.

용병들이 주춤거리면서 뒤로 물러나더니 도망치듯 그 자리를 떠났다.

선욱이 그들의 뒷모습을 물끄러미 쳐다보더니 아무 말 없이 마당을 치우기 시작했다.

"내 일찍이 법력이 높으신 고승들께서 불가사의한 일을 행하는 것을 몇 번 보았지만, 시주 같은 사람은 처음일세. 시주는 누구신가?"

선욱이 움직임을 멈추더니 대답했다.

"강선욱입니다."

"허허허. 그런가? 아마도 부처님께서 이 땡초의 목숨을 구하기 위해 처사를 보낸 듯하군."

"부처님의 뜻이 그렇다면 스님께서 사셔야 할 이유가 있겠군요."

영암 큰스님이 천천히 고개를 끄덕였다.

"그렇군. 사바세계에서 내가 해야 할 일이 더 있는 모양일세. 허허허."

"그들은 잘 훈련된 군인들이었습니다. 그런 자들을 부

릴 수 있는 자라면 결코 예사롭지 않을 겁니다."

"나도 궁금하군. 도대체 그자가 누구인지 말일세."

"천화사의 주지 자리가 그렇게 중요합니까?"

"천화사의 주지가 되면 큰돈을 움직일 수 있네. 하지만 용병까지 부릴 수 있는 사람이 돈을 벌고자 이런 일을 벌이는 것 같지는 않군."

"제 생각도 그렇습니다. 아무래도 천화사의 현 총무원장을 천화사의 주지로 만들어야 할 특별한 이유가 있는 모양입니다."

"나무아미타불. 도대체 그 이유가 무엇인지 이 땡초도 알 수 없군. 아무래도 진해를 만나 봐야겠네."

천화사의 현 총무원장이 바로 진해 스님이다.

"스님께서 직접 나서시렵니까?"

"아무래도 그래야 하지 않겠는가? 부처님께서도 그걸 원하시는 것 같네. 나무아미타불 관세음보살."

선욱이 잠시 쳐다보더니 말했다.

"저도 함께 가겠습니다."

"허허허, 그래 주겠는가?"

"아무래도 제가 여기 오게 된 것도 부처님의 뜻 같습니다."

영암 큰스님이 희미한 미소를 지으며 선욱을 쳐다보았다.

선욱도 그를 마주 보며 미소를 지었다.

✠　　✠　　✠

서울 도심에 있는 어느 빌딩에서 가장 높은 층의 사무실.

양복을 입은 중년 사내가 도시의 야경을 바라보며 창가에 서 있었다.

큰 키에 탄탄한 몸을 가진 이 중년인은, 언뜻 보아서는 30대 초반으로 착각할 정도로 젊어 보인다.

검은 머리카락을 단정히 빗어 뒤로 넘겼고, 넓은 이마에 이목구비가 뚜렷한 얼굴이 인상적이다.

하지만 그의 왼쪽 뺨에 희미한 흉터가 길게 나 있는 게 특이하다. 그렇다고 해서 보기 흉할 정도로 크지는 않았지만, 잘생긴 그의 외모를 생각한다면 결코 작지 않은 흠이었다.

똑똑똑!

노크 소리가 들리더니, 이십 대 중반의 세련된 아가씨 한 명이 들어왔다.

그녀가 중년인을 향해 머리를 숙였다.

"사장님."

"어떻게 됐어요?"

"실패했습니다."

"그래요? 흠! 의외군요. 어떻게 그럴 수 있죠?"

"그를 지키는 자가 의외로 강한 모양입니다. 저격도 소용이 없었다고 합니다."

"흠! 은자들 중에 그렇게 강한 고수가 있을 줄은 몰랐군요."

"세가의 사람이 아닐까요?"

"내가 아는 세가의 사람들 중에 그만큼 강한 사람은 없어요."

"이제…… 어떻게 할까요?"

"그를 제거해야겠죠. 아직 우리들의 흔적을 남겨서는 안 돼요."

"알겠습니다. 사람을 보내겠습니다."

"서둘러야 할 거예요. 내 생각이 맞다면…… 그들이 그를 찾아갈 테니까요."

"서두르겠습니다."

그녀가 머리를 숙이더니 급히 사무실을 나갔다.

✠　　✠　　✠

강남에서 조금 벗어난 곳에 커다란 절 하나가 있다.

서울이라는 도시가 기형적으로 확장되기 전, 절이 있던

장소는 깊은 산속이었다.

하지만 시간이 흐르면서 도로가 놓이고, 건물들이 들어서기 시작하더니, 이제 그 절은 서울이라는 도시에 속하게 되었다.

천화사.

신라시대부터 존재해 온 이 고찰은 서울 시민들에게 있어 접근이 가장 용이한 대사찰이고, 따라서 사시사철 신도들의 발걸음이 끊이지 않는 곳이다.

어두운 밤.

증축에 증축을 거듭해 궁궐 같은 규모를 자랑하는 천화사에 어둠이 내렸다.

수많은 법당들이 줄지어 늘어서 있었고, 법당 주변에는 관상수들이 잘 가꾸어져 있어 숲에 들어온 것 같은 느낌이 든다.

은은한 목탁과 염불 소리가 들리는 늦은 밤, 천화사의 담을 넘어 들어오는 야행인이 있었다.

야행인은 높은 담을 다람쥐처럼 재빠르게 기어 올라가 가볍게 뛰어넘었다. 특별한 훈련을 받은 사람이 아니면 보여 줄 수 없는 움직임이었다.

그는 어두운 곳을 골라 가면서 움직였고, 마침내 법당 몇 개를 지나 선방들이 모여 있는 곳에 도착했다.

잠이나 참선에 든 스님들의 기척을 잠시 살피던 그가

뒤쪽에 있는 또 다른 건물 안으로 들어갔다.

그 건물은 비교적 현대적인 모습을 갖추고 있었는데, 이곳이 바로 절을 총체적으로 관리하는 곳이었다.

천화사의 총무원장이 이곳의 우두머리였고, 그는 여기서 절의 모든 행정을 총괄하고, 또 거액의 시줏돈을 관리하기도 했다.

총무원장은 이 건물의 가장 위층에 머물고 있었는데, 그의 주위에는 항상 덩치 좋은 승려 몇몇이 짝을 이루어 다녔다. 일종의 경호원인 셈이다.

절의 스님이 경호원을 둔다는 건 옛날 같았으면 지나가는 개가 웃을 일이었지만, 요즘은 그렇지 않다. 천화사 같은 거대 사찰의 총무원장이 관여하는 각종 이권은 어마어마하다. 따라서 그 이권과 관련된 속세인들이 좋지 않은 목적을 가지고 그를 찾기도 한다.

이 때문에 대사찰의 총무원장들은 무승의 도움을 받거나, 아니면 경호업체를 통해 보호받기도 한다.

그런데 천화사의 총무원장인 진해 스님을 보호하는 승려들은 좀 특별하다.

그들은 원래 승려가 아니었다.

진해 스님이 자신의 권한으로 사회에서 데려온 사람들이었는데, 하나같이 우락부락한 외모에 덩치가 커서 조폭들처럼 보였다.

그리고 알게 모르게 나오는 이야기들을 들어 보면, 그들은 실제로 강남의 유명한 조폭 조직의 조직원들이라고 한다.

하지만 모두들 쉬쉬하고 있는 형편이라, 제대로 알려진 건 아무것도 없었다.

총무원장인 진해 스님이 방에서 깊은 잠에 빠져 있었지만, 두 명의 승려들은 오늘도 변함없이 그의 방 주위를 지키고 있었다.

진해 스님의 방 안.

스님의 방이라 생각하기에는 지나치게 가전제품이 많았다. 커다란 벽걸이 TV부터 오디오 세트, 그리고 최신식 컴퓨터까지, 그의 방은 차라리 호텔방에 가까웠다.

진해 스님은 방 한구석에 있는 커다란 침대 위에 잠들어 있었다.

가볍게 코고는 소리가 방을 울리고 있었고, 시계가 새벽 1시를 가리킬 무렵 창문이 소리 없이 열렸다.

5층 높이였고, 매끄러운 벽으로 이루어져 있어 암벽등반가라 할지라도 외벽을 타고 올라올 수 없는 곳이었는데, 야행인은 어떤 재주를 지녔는지 손쉽게 그곳을 타고 올라와 창문을 열었던 것이다.

야행인이 방 안으로 들어오더니, 품에서 작은 약병 하

나를 꺼냈다.

병 안에 뭐가 들어 있는지 상당히 조심스럽게 다루었고, 진해 스님이 잠든 침대로 다가간 후 천천히 뚜껑을 열었다.

고개를 살짝 돌린 것으로 보아 내용물의 냄새조차 맡지 않으려고 조심하는 듯했다.

뚜껑에는 가늘고 긴 관이 붙어 있었고, 그 관 안에 병의 내용물이 조금 들어 있었다.

야행인은 뚜껑에 붙어 있는 관을 진해 스님의 입가로 가져갔다. 그리고는 뚜껑을 살짝 누르자 하얀 액체가 한 방울 흘러나왔다.

뚝!

그 액체는 정확히 진해 스님의 입술에 떨어졌고, 야행인은 다시 병뚜껑을 닫은 후 품속에 집어넣었다.

그는 자신이 들어왔던 창문을 통해 곧바로 소리 없이 빠져나갔다.

잠시 후, 깊은 잠에 빠져 있던 진해 스님이 몸을 뒤척였다.

처음에는 몸부림 정도 불과했지만 이내 뒤척이는 횟수가 많아지더니, 나중에는 격렬하게 몸부림을 치기 시작했다.

"헉헉헉헉!"

가쁜 숨이 그의 입에서 흘러나왔고, 진해 스님은 자신의 두 손으로 목을 움켜잡은 채 몸을 일으켰다.

그는 뭐라 소리치려고 했지만 말이 나오지 않는 듯 꺽꺽거리는 소리만 냈다.

그때, 그의 인기척을 느낀 입구를 지키던 승려 두 명이 문을 벌컥 열고 뛰어 들어왔다.

"스님! 스님!"

"왜 그러십니까, 스님?"

그들이 진해 스님을 부축해 일으켰지만, 그는 눈을 허옇게 까뒤집을 뿐이었다.

"빠, 빨리 119에 전화해! 어서!"

그들 중 한 사람이 핸드폰을 꺼내 119로 전화를 했다.

갑자기 일어난 소란 때문에 다른 방에서 참선을 하거나 잠들어 있던 스님들이 일어났고, 건물 전체가 훤하게 밝아졌다.

"무슨 일인가?"

"웬 소란이지?"

스님들이 나와서 웅성거렸다.

그때 요란한 사이렌 소리가 울렸다.

웨에에에엥!

구급차가 도착했고, 응급대원들이 급히 뛰어 들어왔다.

그들은 진해 스님의 상태를 살피더니 급박한 표정을 지

었다.

"스트록(뇌출혈)이야. 빨리!"

응급대원들이 그에게 산소마스크를 씌우고 링거주사바늘을 꽂았다. 그리고는 곧바로 앰뷸런스로 이송했다.

"어떻습니까? 스님은 괜찮으시겠습니까?"

스님들의 물음에 응급대원이 굳은 표정으로 고개를 절레절레 흔들었다.

스님들은 믿을 수 없다는 표정을 짓더니 나지막한 목소리로 불호를 외웠다.

3장

천화사에서 일어난 일

영암 큰스님과 선욱이 산을 내려와 서울에 있는 천화사에 도착한 것은 총무원장인 진해 스님의 다비식(화장)이 막 시작되고 있는 시점이었다.

천화사는 많은 신도들로 북적거렸고, 허름한 승복에 삿갓을 쓴 영암 큰스님과 청바지와 면티를 입은 선욱에게 신경을 쓰는 사람은 아무도 없었다.

선욱은 무슨 일인가 싶어 근처에 있던 신도를 붙잡고 물어보았다.

"실례합니다. 절에 무슨 일이라도 있습니까?"

"저런! 진해 스님께서 입적하신 걸 아직 모르고 계셨어요?"

"예? 입적요?"

"사흘 전에 입적하셨어요."

"어쩌다가……?"

"선방에서 수행을 하시다가 조용히 세상을 떠나셨답니다."

"그래요?"

선욱이 영암 큰스님을 쳐다보았다.

신도의 말을 모두 들었는지, 영암 큰스님도 나지막한 목소리로 불호를 외웠다.

선욱이 고개를 갸우뚱거렸다. 진해 스님이 입적한 시점이 공교롭다는 생각이 들었던 것이다.

"스님, 어서 안으로 들어가시죠. 뭔가 좀 이상합니다."

두 사람은 인파를 뚫고 안으로 들어갔다.

사람들을 뚫고 절 안으로 깊이 들어가자, 대웅전 뒷마당이 나왔다. 그곳에는 많은 스님들이 줄지어 서서 염불을 외우고 있었고, 진해 스님의 유해는 높이 쌓인 장작 위에 놓여 있었다.

그리고 장작에는 막 불길이 타오르고 있었다.

영암 큰스님도 한쪽 구석에서 합장을 하며 낮은 목소리로 염불을 외웠다.

선욱은 날카로운 눈빛으로 주변을 둘러보다가 큰스님들이 모여 있는 곳을 쳐다보았다.

모두들 나이가 지긋한 노승들이었는데, 법복을 입은 채 염불을 외우고 있었다.

선욱의 시선이 주변을 훑었다.

그러자 한쪽에 검은 양복을 입은 한 무리의 사람들이 모여 있었는데, 한눈에 보기에도 좋지 않은 기운을 지닌 속된 무리들임을 알 수 있었다.

선욱은 그들을 살펴보다가 중앙에 있는 중년인에게 가서 시선이 멎었다.

그가 검은 양복을 입은 사내들의 우두머리인 것 같았다.

'신성한 절에 저런 자들이 설치고 다니다니······.'

선욱은 내심 혀를 찼다.

마침내 다비식이 끝났고, 또 다른 행사들이 계속해서 이어졌다.

선욱은 알아보고 싶은 게 많았지만, 아직은 마음대로 움직일 수 없어 답답했다.

마침내 모든 행사가 끝났고, 노승들을 비롯한 다비식에 참석한 중요 인사들은 대웅전으로 들어갔다. 나머지 신도들은 절을 떠나거나 행방으로 향했다.

영암 큰스님은 한동안 염불을 외면서 그 자리에 가만히 서 있었다.

그러다 그가 선욱에게 말했다.

"대웅전으로 들어가세."

영암 큰스님이 앞장섰고, 선욱이 뒤따랐다.

두 사람이 대웅전으로 들어가려 하자 스님들이 막았다.

"이쪽으로 오시면 안 됩니다. 행방으로 가십시오."

영암 큰스님이 삿갓을 벗었다.

그를 막아섰던 스님들의 눈이 커졌다.

"여, 영암 큰스님!"

그들이 합장을 하며 허리를 깊이 숙였다.

"비켜서거라."

영암 큰스님은 가볍게 그들을 뚫고 안으로 들어갔다.

대웅전의 분위기는 무거웠다.

배분 높은 고승들이 줄지어 앉아 있었고, 천화사의 실무를 맡아 보는 스님들도 모두 모여 있었다.

그런데 특이하게도 양복을 입은 속인들도 보였다.

선욱은 그들 중 일부가 다비식에서 보았던 검은 양복의 사내들임을 알고 미간을 찌푸렸다.

노승들 가운데 허연 눈썹을 기른 스님 한 명이 한창 연설을 하고 있었다.

"······그래서 새로운 주지 스님을 빨리 세워야 합니다. 안타깝게도 진해가 우리들보다 먼저 입적을 했으니, 아무래도 자운이 새로운 주지가 되어야 합니다. 나무아미타불 관세음보살."

"그게 무슨 말씀이십니까? 진해 스님께서 돌아가신 지 사흘밖에 되지 않았습니다. 주지 스님을 선출하는 일이 중요하기는 하지만, 그렇게 서두를 일이 아닙니다. 일단 새로운 총무원장부터 선출한 후에…… 잠깐! 저들은 누구이기에 대웅전에 함부로…… 헉! 여, 영암 큰스님!"

그의 말에 모두의 시선이 영암 큰스님을 향했다.

"영암 큰스님!"

"큰스님!"

저마다 그를 부르며 자리에서 일어나 합장을 했다.

대웅전 내 모든 승려들의 태도에 선욱은 영암 큰스님을 다시 보게 되었다.

영암 큰스님이 다소 굳은 표정으로 주변을 둘러보더니 말했다.

"이 자리에 어찌 속인들이 들어와 있는가!"

나지막한 목소리였지만, 은은한 분노와 함께 위엄이 느껴졌다.

노승들 중 한 명이 급히 그에게 다가가 말했다.

"국회의원님들과 구청장들께서……."

"그들은 속인이 아니란 말이오?"

"……."

영암 큰스님이 양복을 입고 있는 속인들을 향해 소리쳤다.

"당신들은 썩 나가시오!"

양복을 입고 있는 중년인들이 난감한 표정을 지었지만, 이내 합장을 한 후 밖으로 나갔다.

하지만 흉악한 기운을 뿜어내는 한 무리의 사내들은 여전히 자리에 앉아 꿈쩍도 하지 않았다.

영암 큰스님이 그들을 향해 소리쳤다.

"시주들은 왜 그러고 앉아 있는 것이오. 썩 나가시오!"

그들이 노골적인 불쾌감과 적의를 표했다.

대웅전에 있는 다른 스님들도 불안해하는 표정만 지을 뿐 아무 말도 하지 못했다.

영암 큰스님이 탄성을 내뱉었다.

"허! 어찌 대웅전에 저처럼 속된 인물들이 버젓이 자리를 차지하고 있단 말인가. 나무아미타불 관세음보살."

그들 중 한 사람이 흉악한 눈빛을 번들거리며 자리에서 일어났다.

"영암 스님, 여기 계신 우리 사장님은 입적하신 진해 스님과 막역한 관계를 유지해 오신 분이십니다. 그분의 후사를 잇는 자리에 당연히 참석할 자격이 있습니다."

또 다른 사내가 중얼거리듯 말했다.

"우리 사장님이 이 절에 시주하신 돈이 얼만데……."

영암 큰스님의 얼굴에 노기가 짙게 떠올랐다.

"도대체 천화사가 어쩌다가 속인들의 소굴이 되었단 말

인가! 자네들은 그동안 뭘 하고 있었던 게야?"

그의 꾸짖음에 노승들이 고개를 숙였다.

영암 큰스님이 등을 돌리더니 대웅전을 나가면서 소리
쳤다.

"자운과 법성, 그리고 법인 스님은 나를 따라오게."

두 명의 노승과 한 명의 중년승이 자리에서 일어나더니
영암 큰스님을 따라 밖으로 나갔다.

선욱은 속된 말을 쏟아 내며 웅성거리는 검은 양복의
사내들을 노려보다가 영암 큰스님을 따라 밖으로 나갔다.

영암 큰스님은 세 명의 스님들과 함께 대웅전 뒤편에
있는 작은 선방으로 들어갔다.

오래전 영암 큰스님이 사용하던 방이었는데, 아무도 사
용하지 않는지 깨끗이 치워져 있었다.

선욱은 밖에서 기다리면서 선방에서 들리는 목소리에
귀를 기울였다.

영암 큰스님은 특별한 말을 하진 않았다. 대신 불자로
서, 그리고 수행을 하는 스님으로서 갖추어야 할 기본적
인 덕목과 그걸 바탕으로 천화사를 어떻게 이끌어 가야
할지에 대해 이야기했다.

당연한 이야기였고, 누구나 알고 있을 법한 원칙이었지
만, 그의 말을 듣고 있던 세 스님들은 작은 목소리로 죄송
하다는 말만 계속 읊조렸다.

사실 천화사가 아무리 큰 사찰이고, 또 복잡한 사회적 이해관계에 얽매여 있다고 해도 그걸 풀어 나가는 방법은 간단하다. 스님으로서의 기본적인 원칙에 의거해서 일을 처리해 나가면 된다.

문제는 여러 가지 상황들 때문에 기본적인 원칙을 고수하기가 쉽지 않았고, 스님들 모두 그 상황 사이에서 우왕좌왕하다 보니 속된 무리들이 법사에 참견하는 말도 안 되는 일이 발생하고 있었던 것이다.

"영암 큰스님께서 모든 걸 바로잡아 주십시오. 스님께서 떠나신 후, 법사를 원칙대로 처리하는 데 어려움이 너무 많았습니다. 특히 배 사장이라는 사람이 문제입니다. 그는 진해 스님과 각별한 관계를 유지해 왔는데……."

"배 사장이라면 대웅전에 모여 있던 삿된 무리들의 우두머리를 지칭하는 것이오?"

"그렇습니다."

"그들과의 관계를 모두 끊고 절에서 당장 몰아내시오."

"그, 그게 말처럼 쉽지 않아서……."

영암 큰스님이 무거운 표정을 짓더니 입을 열었다.

"혹시 폭력배들이오?"

"그렇습니다. 강남에서 가장 큰 조직입니다."

"음. 어쩌다가 그런 자들이 엮이게 되었는지……."

"진해가 총무원장이 되면서 끌어들인 자들입니다."

"쯧쯧쯧, 내 일찍이 진해를 그렇게 보지 않았는데……"

"진해가 가져온 폐해가 이루 말할 수 없이 큽니다. 이제 감당하기 어려울 정도가 되었습니다. 어찌해야 합니까, 영암 큰스님?"

"나무아미타불 관세음보살. 모든 일은 부처님을 모시는 우리 불자들이 지켜야 할 계율대로 행하면 될 것이네."

"하지만 그랬다가는……"

"마음속에 거리낌이나 두려움이 없다면 하지 못할 일이 뭐가 있겠나?"

영암 큰스님의 말에 모두들 머리를 숙였다.

스님이라며 모두 아는 계율.

문제는 그걸 행하고, 또 지키는 것이다.

영암 큰스님은 직접 행할 수 있는 사람이었고, 다른 스님들에게는 그럴 용기가 없었던 것이다.

밖에서 이들의 대화를 듣고 있던 선욱은 앎과 행함의 차이가 별것 아닌 것 같지만 실제로는 하늘과 땅만큼 크다는 것을 다시 한 번 느낄 수 있었다.

"한데, 한 가지 묻고 싶은 게 있네. 진해가 어떻게 하다가 입적했는지 말해 주게."

스님들이 잠시 주저하더니 입을 열었다.

"사실 진해의 입적에는 납득하기 힘든 점이 있었습니다. 전날까지 건강했고, 잠자리에 들기 전에도 아무 이상이 없었는데 갑자기 급사를 했으니 말입니다."

"그렇다면 자연사가 아니란 말이오?"

"그렇습니다. 구급대원들의 말로는 뇌의 혈관이 터졌다고 합니다. 평소 건강하기로 소문난 진해에게 그런 일이 생겼다는 건 정말 믿기 어려운 일입니다."

"음!"

"한데, 스님께서는 어떻게 진해의 다비식에 맞춰 이곳으로 돌아오셨습니까? 소식이 전해졌던 것입니까?"

"대운과 대명이 별말 없었소?"

"예. 그들은 스님을 모시러 갔다가 돌아온 후, 갑자기 선방에 들어앉아 묵언수행에 들어갔습니다."

"그래요?"

영암 큰스님이 고개를 끄덕였다.

사실 그들이 용문암에 있을 때 일어났던 일들에 대해 모두 이야기를 한 줄 알았다. 그런데 알고 보니 아무 말도 하지 않고 묵언수행에 들어갔다고 한다.

그들의 마음가짐이 사뭇 달라졌음을 알 수 있는 일이다.

영암 큰스님이 무거운 표정으로 생각에 잠겼다.

그가 관계를 맺고 있는 사람들이 강남에서 가장 큰 조폭들이라고는 하지만, 아무리 그런 조폭들이라고 해도 중무장한 용병들에게 자신을 죽이도록 사주했을 리는 없다고 생각했다.

진해 스님에게는 분명히 또 다른 배후가 있었다.

"혹시 진해가 생전에 알고 지내던 속인들 중에 다른 이들은 없었소?"

"그는 속세에서 왕성한 활동을 했습니다. 그래서인지 적지 않은 정, 재계 인사들과도 잘 알고 지냈습니다. 특히 오늘 대웅전에 있던 국회의원들과 무척 친했습니다."

"그들 말고 또 다른 사람들은 없소?"

두 명의 노승들이 의아한 표정을 지었다.

"혹시 뭔가 알고 계신 일이라도 있습니까?"

"우리들은 알지 못합니다."

그때, 자운 스님이 나섰다.

"얼마 전부터 진해 스님의 얼굴이 무척 어두웠습니다. 뭔가 큰 걱정거리가 있는 듯한 그런 표정을 짓고 다녔습니다. 그래서 제가 좀 알아보았는데……."

영암 큰스님의 눈빛이 빛났다.

"알아낸 것이라도 있느냐?"

"확실한 건 아니지만 누군가 한밤중에 진해 스님의 방을 자주 찾아왔다고 합니다."

"누군지 확인은 했고?"

"그게…… 확인하지 못했습니다. 진해 스님의 방은 항상 그가 데려온 승려들 몇이 지키고 있었고, 또 제가 사람을 풀어 조사했을 땐 아무도 드나들지 않았습니다. 하지만 창문을 통해 누군가 들어가고 또 빠져나가는 걸 본 적이 있다고 했습니다."

"창문을 통해서 드나들어? 총무원장의 방은 오 층이 아니냐."

"그렇습니다. 그래서 제가 확실하지 않다고 말씀드린 겁니다."

"음……."

영암 큰스님이 굳은 표정으로 잠시 생각하더니 몸을 일으켰다.

"그 일은 일단 차후에 알아보기로 하고, 우선 눈앞에 닥친 일부터 해결하도록 하자. 원래 집에 주인이 없으면 잡인들이 드나드는 법이다. 그러니 주지를 선출하는 일이 무엇보다 중요해."

노승들도 그렇다고 말했다.

영암 큰스님이 노승들에게 말했다.

"그럼 자운을 새로운 주지로 세웠으면 하는데, 장로회에서는 내 뜻을 따라 주겠소?"

"사실 장로회에서도 차기 주지로 자운을 밀고 있었습니다. 하지만 상황이 여의치 못해 차일피일 미루고 있었습니다."

"좋소. 그렇다면 다시 대웅전으로 가도록 합시다."

영암 큰스님을 모두를 데리고 다시 대웅전으로 향했다.

대웅전에 도착하자 시끌벅적한 소리를 들을 수 있었다.

청정해야 할 사찰의 대웅전이 이처럼 소란스럽다는 건 참으로 개탄스러운 일이 아닐 수 없었다.

영암 큰스님이 대웅전 문을 열고 들어가더니 소리쳤다.

"갈!"

자그마한 노승의 목에서 어떻게 이렇게 큰 목소리가 나올 수 있는지 불가사의할 정도다.

모두들 깜짝 놀라 말을 멈추고 입구로 고개를 돌렸다.

영암 큰스님이 눈을 크게 뜨고 주위를 둘러보며 호통을 내질렀다.

"여기가 어디라고 그렇게 큰 소리로 떠든단 말인가! 속인들은 썩 나가라고 했는데 왜 아직 여기 남아 있는가!"

조폭으로 보이는 사내들은 여전히 코웃음을 치며 그 자리에서 떠나지 않았다.

선욱은 마음 같아서는 당장 그들을 끌어내고 싶었지만, 대사찰의 대웅전에서 할 일은 아닌 것 같아 참을 수밖에 없었다.

커다란 체구에 얼굴에 온통 흉터가 가득한 사내가 나서서 입을 열었다.

"이것 보십시오, 영암 스님. 우리 사장님께서 그동안 얼마나 많은 돈을 이 절에 시주했는지 아십니까? 그리고 진해 스님께서는 생전에 우리 사장님과 호형호제하셨습니다. 아무리 영암 스님이라고 해도 우리 사장님께 함부로 그런 말씀 하시면 안 됩니다. 아시겠습니까?"

눈까지 부라리면서 어찌나 당당하게 말을 하는지 그가 말한 사장이라는 사람이 천화사의 주지라도 되는 것 같았다.

영암 큰스님이 안색을 찌푸리더니 탄성을 흘렸다.

천화사에 문제가 많다는 사실은 짐작했지만, 조폭들이 대웅전을 차지하고 법사에까지 관여를 하려고 하다니. 더욱 한탄스러운 건 대웅전에 모여 있는 스님들 중에서도 그들을 옹호하는 듯한 태도를 보이는 이가 있다는 사실이었다.

영암 큰스님이 그들을 쳐다보다가 고개를 절레절레 흔들더니 자신과 함께 들어온 노승들에게 말했다.

"주지 선출에 대해 지금 마무리 짓도록 하시오."

"알겠습니다."

법성이라는 불호를 지닌 스님이 대웅전 한쪽에 앉아 있던 노승들과 잠시 이야기를 하더니 모두를 향해 입을 열었다.

"오늘 이 자리에 영암 큰스님께서 계신 게 얼마나 다행스러운지 모르겠습니다. 우리 천화사에 어려운 일이 일어날 것을 알고 부처님께서 큰스님을 다시 보내 주신 것 같습니다. 조금 전 영암 큰스님과 이야기를 나누었습니다만, 우리 천화사의 주지 자리를 더 이상 비워 둘 수 없습니다. 따라서 지금 이 자리에서 새로운 주지를 선출하고자 합니다."

여기저기서 소란이 일어났다.

검은 양복을 입은 조폭들이 노골적으로 고함을 지르며 반대했고, 일부 수뇌급 스님들도 아직 때가 아니라 목소리를 높였다.

하지만 법성 스님은 그에 굴하지 않고 말을 이어 나갔다.

"우리 장로회에서는 자운을 새로운 주지로 추대하는 바입니다. 이건 영암 큰스님과 우리 장로회 모두의 뜻임을 밝힙니다. 나무아미타불 관세음보살."

법성 스님의 말이 끝나자 큰 소란이 일어났다.

조폭들 일부가 금방이라도 난장판을 만들듯 고함을 질러 댔고, 그들을 비호하던 스님들 몇몇도 큰 소리로 반대의 뜻을 밝혔다.

"갈!"

영암 큰스님이 다시 호통을 질렀다.

불가에서 말하는 사자후였다.

그는 소란이 가라앉기를 기다렸다가 다시 말했다.

"조계사에서 오신 스님이 계시면 나서십시오."

중년승 한 명이 자리에서 일어나더니 그에게 합장을 했다.

"영암 큰스님, 광해입니다."

영암 큰스님도 그와 안면이 있는 듯 고개를 끄덕이더니 말했다.

"천화사의 장로회와 나는 자운 스님을 새로운 주지로 추대하고자 하니, 이 사실을 조계사의 주지 스님께 전하도록 하시게."

"알겠습니다. 그리하겠습니다."

광해 스님이 다시 합장을 하더니 대웅전을 나가려 했다.

그러자 조폭 몇몇이 그의 앞을 가로막았다.

광해 스님이 굳은 표정으로 불호를 외웠다.

"나무아미타불 관세음보살. 시주들께서는 비켜서 주십시오."

그들이 흉악한 표정을 지으며 뭐라고 말하려는 순간, 선욱이 나섰다.

그는 재빨리 그들 사이로 끼어들더니 양팔로 어깨동무를 했다.

"스님께서 비켜 달라고 하시지 않습니까? 자자, 저쪽으로 가시죠."

그들은 선욱의 팔을 뿌리치려다가 갑자기 안색을 굳히

더니 고통스런 표정을 지었다. 뿐만 아니라 그들의 이마에서는 굵은 식은땀이 줄줄 흘러내리기 시작했다.

선욱이 움직이자 그들은 꼼짝도 못 하고 그에게 끌려갔다.

광해 스님이 흠칫하더니 곧바로 대웅전을 나갔다.

다른 조폭 몇 명이 다시 그를 막으려 했다.

그러자 이번에도 선욱이 나섰다.

선욱은 눈 깜짝할 사이에 그들 사이를 파고들더니 한꺼번에 팔짱을 껴 버렸다. 그리고는 그들을 옆으로 질질 끌고 갔다.

선욱이 어떻게 손을 썼는지, 끌려가는 조폭들은 조금 전과 마찬가지로 고통스러운 표정을 지은 채 식은땀을 뻘뻘 흘렸다.

그러자 더 이상 광해 스님을 막아서는 조폭들은 없었다.

대신 경계 어린 기색으로 선욱의 주변을 에워싸려 했다.

선욱은 광해 스님의 곁에 바짝 붙어서 대웅전 바깥까지 함께 나온 후 걸음을 멈추었다.

조폭 둘이 선욱과 광해 스님을 갑자기 덮쳤다.

선욱이 손을 뻗어 그들의 몸을 가볍게 밀었다.

그러자 조폭들은 '어어!' 하는 소리를 내더니 그대로

뒤로 밀려나가 엉덩방아를 찧었다.

선욱이 광해 스님을 향해 여유롭게 합장을 했다.

"그럼 살펴 가십시오, 스님."

광해 스님이 놀랍다는 표정으로 선욱을 쳐다보더니 합장을 하고는 총총걸음으로 밖으로 나갔다.

대여섯 명의 조폭들이 아직 남아 있었지만, 그들은 더이상 선욱을 향해 덤벼들지 못했다.

하지만 그들 중 한 명이 눈짓을 하자, 다른 조폭들이 일제히 선욱을 향해 달려들었다.

선욱은 눈 깜짝할 사이에 그들을 가볍게 쓰러뜨렸다. 그리고는 으스스한 표정으로 말했다.

"여기가 경 내인 걸 다행으로 생각해라."

조폭들은 곧바로 몸을 일으켰지만, 힘이 하나도 없어 서 있는 것조차 어려웠다.

선욱은 그들을 내버려 두고 대웅전 안으로 들어갔다.

모두들 믿을 수 없다는 표정으로 선욱을 쳐다보았다.

소란을 일으키지도 않은 채 조폭들을 모조리 제압한 그의 능력이 경이로웠던 것이다.

선욱이 영암 큰스님을 향해 합장을 했다.

"광해 스님께서는 무사히 나가셨습니다."

영암 큰스님이 희미하게 미소를 지으며 고개를 끄덕였다.

대웅전에는 사장님이라 불리는 조폭 보스와 세 명의 수하들이 더 남아 있었다. 하지만 그들은 선욱을 무서운 눈빛으로 노려보기만 할 뿐, 더 이상 어떻게 하지는 못했다.

선욱이 그들에게 다가가더니 정중하게 말했다.

"그만 나가 주셨으면 하는데……."

조폭 한 명이 주먹을 쥐고 나서려는 순간, 보스로 보이는 사내가 그를 말렸다.

"오늘은 이만 물러나자."

"형…… 사장님! 이대로 가시면……."

"지금은 물러나야 할 때다. 조용히 나가자."

그의 말에 조폭들은 더 이상 아무 말도 하지 못하고 밖으로 나갔다.

선욱이 그들을 따라 나왔다.

조폭들이 걸음을 멈추고는 사방에 비틀거리며 서 있는 동료들을 쳐다보았다.

그들의 보스가 혀를 차더니 선욱을 향해 고개를 돌렸다.

"스님은 아닐 테고……. 누군지 물어봐도 되겠나?"

선욱이 아무 말 없이 고개를 가로저었다.

그의 곁에 있던 조폭들이 험악한 표정을 지었지만 선욱은 팔짱을 끼고는 무시하는 표정을 지었다.

그가 지갑에서 명함 하나를 꺼내 선욱에게 날렸다.

명함이 마치 표창처럼 회전하며 선욱에게 날아갔다.

선욱이 검지와 중지로 명함을 가볍게 잡았다.

"연락 한번 하게. 만나서 이야기라도 좀 하고 싶군."

선욱이 무슨 생각인지 고개를 살짝 끄덕이더니 명함을 그에게 다시 날렸다.

선욱이 날린 명함은 맹렬히 회전하더니 무서운 속도로 날아가, 그의 곁에 있는 조폭의 팔에 박혔다.

"윽!"

조폭이 신음성을 흘리며 주춤거렸다.

"곧 찾아가지. 그때 봅시다."

그는 놀랍다는 표정으로 선욱을 쳐다보더니 수하들을 모두 데리고 그 자리를 떠났다.

선욱이 스산한 눈빛으로 그들의 뒷모습을 쳐다보다가 대웅전 안으로 들어갔다.

그가 들어서자 대웅전에 있던 모든 사람들의 시선이 쏠렸다. 모두들 선욱의 일거수일투족에만 관심이 있는 모양이었다.

조폭들이 사라지고 나자 모든 일은 일사천리로 풀렸다.

그들을 비호하고 영암 큰스님에게 반대하던 일부 스님들도 선욱의 서슬에 질려 아무 말도 하지 못한 채 조용히 있었다.

영암 큰스님이 모두를 향해 말했다.

"조계사의 재가가 남기는 했지만, 특별한 일이 없으면 자운 스님이 주지가 될 것이니, 모두 그의 말을 따라야 할 것이오."

대웅전에 있는 스님들 모두 합장으로 하며 그렇게 하겠다고 대답했다.

"그럼 이 늙은이는 그만 물러날 테니, 자운 스님이 나서서 남은 일들을 처리하시게."

자운 스님이 그를 향해 합장을 했다.

"예, 큰스님."

"허허허, 그럼 수고하시게."

영암 큰스님은 선욱과 함께 대웅전을 나와 자신이 예전에 사용하던 선방으로 향했다.

선방에 들어가 앉은 영암 큰스님은 주변을 둘러보더니 희미한 미소를 지었다.

수십 년 동안 참선과 수련을 병행하던 선방에 다시 들어서니 감회가 남다른 모양이었다.

그가 선욱을 향해 말했다.

"오늘도 처사의 도움을 크게 받았네. 정말 고맙네."

"아닙니다, 스님. 그래도 잘 해결되어서 다행입니다."

"그나저나 진해의 입적이 아무래도 마음에 걸리네."

"저도 그렇습니다. 마치 도마뱀이 꼬리를 자르고 도망친 느낌입니다."

"음. 아무래도 나는 이곳에 계속 머물러야겠네."

선욱은 그가 천화사에 머물면서 자운 스님을 보호하려 한다는 사실을 알았다.

"처사는 어떻게 하시겠는가?"

"저도 좀 더 머물겠습니다. 최소한 꼬리를 자르고 도망친 몸통의 실체라도 알아야겠습니다."

"그렇게 하시겠는가? 그래 주면 고맙고."

"고맙긴요. 제가 오히려 고맙습니다."

"처사가 내게 고마울 게 뭐가 있다고 그러는가?"

"여러 가지로…… 스님으로부터 많은 것을 배웠습니다."

"허허허, 이 땡초에게 배울 것도 있던가?"

"……."

"조심하시게. 이 땡초가 하는 말은 전부 거짓이라네."

선욱이 희미한 미소를 지으며 말했다.

"거짓에도 격이 있더군요."

"그렇던가? 허허허!"

영암 큰스님이 너털웃음을 터뜨렸다.

✠ ✠ ✠

어두운 밤.

선욱은 영암 큰스님 바로 옆방을 얻어 쉬다가 밖으로 나갔다.

서울 인근이라 깊은 산속의 정취를 느낄 수는 없었지만, 그래도 은은한 절의 풍취는 있었다.

선욱은 천천히 걸음을 옮기며 산책을 했다.

오래된 탑들이 절 곳곳에 서 있었고, 낡은 법당의 벽에는 형체를 알아보기 힘들 정도로 칠이 벗겨져 버린 탱화들이 그려져 있었다.

주위는 어두웠지만 선욱의 눈에는 탑과 탱화들이 훤히 보였다.

그가 법당 몇 개를 지나 뒤뜰에 나갔을 무렵, 갑자기 흠칫하는 표정을 지었다.

뒤뜰 어딘가에서 느껴지는 희미한 기운이 그의 발걸음을 잡았던 것이다.

"이건 뭔가?"

그가 기운을 끌어 올려 감각을 날카롭게 세웠다.

하지만 기운의 실체는 쉽게 찾을 수 없었다.

그 기운은 너무 은밀해, 선욱 정도의 수련을 쌓은 사람이 아니었다면 느끼지도 못했을 정도로 희미했다.

선욱은 자신의 기운을 끌어 올린 후, 계속해서 주변을 살폈다. 희미하게 느껴지는 기운과 한참 동안 숨바꼭질을 한 끝에 마침내 실체를 잡을 수 있었다.

선욱은 뭔가에 이끌려 가기라도 하듯 뒤뜰 한구석으로 향했다. 다 쓰러져 가는 종루가 그곳에 있었고, 종루 한가운데는 엄청나게 큰 범종 하나가 바닥에 놓여 있었다.

원래는 종루에 매달려 있어야 했지만, 종루가 워낙 낡고 삭은 바람에 바닥에 떨어져 버린 모양이었다.

선욱은 기이한 느낌의 발원지가 바로 그 범종임을 알고 자세히 살폈다.

거무튀튀한 범종은 엄청나게 커서 어른 서너 명이 팔을 벌리고 둘러싸야 감싸 안을 수 있을 정도였다.

범종 표면에는 복잡한 문양이 그려져 있었는데, 워낙 오래되어 닳은 부분이 많아서 제대로 살피기가 어려웠다.

선욱이 범종의 표면을 향해 천천히 손을 뻗었다.

우우우웅!

범종에서 은은한 소리가 일어나더니 선욱의 머릿속으로 파고들었다.

순간 선욱은 온몸이 저릿해지는 충격을 느꼈다.

선욱이 두 눈을 부릅떴다.

잊을 수 없는 느낌이었다.

그건 선욱이 선무도관의 지하에 있는 비밀 전시실에서 요검의 실체를 처음 접했을 때와 같은 느낌이었다.

'이럴 수가……. 이건 기물이야. 기물이 분명해.'

놀라운 일이었다.

범종의 형상을 띤 기물이 세상에 존재하다니 말이다.

선욱의 손이 범종의 표면에 맞닿았다.

비이잉!

선욱의 몸속에서 요검과 화염의 창이 요동치기 시작했다. 정확히 말하자면 서로 호응을 한다는 게 옳을 것이다.

범종으로부터 느껴지는 기운은 요검이나 화염의 창과는 다소 달랐다.

요검과 화염의 창은 좁은 우리에 갇힌 맹수가 세상으로 뛰어나가고 싶다는 의지를 품고 있었지만, 범종이 지닌 기운에는 그런 의지가 없었다.

요검과 화염의 창이 지닌 의지는 구체적이었지만 범종은 모호했다. 그건 보다 깊고 근원적인 기운이었다.

요검과 화염의 창이 자유로운 바람이었다면, 범종은 땅속 깊이 뿌리박고 대자연과 함께 살아온 거대한 나무였다.

한동안 범종의 표면에 손바닥을 대고 있던 선욱이 마침내 뒤로 물러났다.

범종으로부터 느껴지는 거대한 기운을 이해하고 느끼는 건 선욱으로서도 힘든 일이었다.

'세상에 이런 기물이 존재할 줄이야……'

선욱이 고개를 절레절레 흔들었다.

아마도 범종과 같은 기운을 지닌 기물은 세상을 통틀어도 찾아보기 어려울 것이다.

'이건 함부로 건드릴 수 없어. 이대로 내버려 두는 게 최선이다.'

선욱은 숨을 깊이 들이켰다가 내쉰 후, 천천히 범종에서 멀어졌다.

그는 잠시 범종을 쳐다본 후, 자신의 선방으로 돌아갔다.

4장

뉴에이지 파

아침 일찍 일어난 선욱은 영암 큰스님을 찾아갔다.

"스님, 일어나셨습니까?"

"들어오게."

영암 큰스님의 선방에 들어가자 그가 방한가운데 꼿꼿한 자세로 앉아 있는 게 보였다.

아마도 밤새 참선을 한 모양이었다.

"그래, 아침 공양은 하셨는가?"

"예. 한데, 스님께서는 왜 식사를 하지 않으셨습니까?"

"허허허, 내일모레면 불에 타 재가 될 육신인데 아까운 밥을 축내서야 되겠는가?"

"스님도 참……."

"그래, 무슨 일인가?"

"실은 어젯밤에 산책을 하다가 절 뒷마당에 있는 범종을 발견했습니다."

"대범종을 보았던 게로군."

"대범종…… . 잘 어울리는 이름이군요."

"허허허, 참으로 거대할 뿐 아니라 위대한 종이지. 그 종이 만들어진 건 이 절이 생겨났을 때였을 것이네."

"그렇다면 천 년이 넘은 종이군요. 어쩐지 무척 오래된 것 같았습니다. 한데, 그처럼 오래된 종이라면 왜 국보로 지정되지 않았습니까?"

"국보 맞네."

"예? 아니, 그런데 그렇게 허술하게 관리되고 있단 말입니까?"

"아닐세. 원래 무너진 종루도 다시 세우려고 했네. 하지만 그럴 수 없었네."

"그럴 수 없었다니요?"

"몇 번이나 복원을 하려고 했지만 도저히 손을 댈 수가 없었네. 일꾼들이 건드리려고만 하면 사고가 났기 때문이네."

"사고라니요?"

"일꾼들이 미끄러져서 다치거나 자신의 연장에 부상을 입기도 했지. 또 어떨 때에는 갑자기 비가 쏟아져서 일을 할 수가 없었네."

"아! 정말 신기한 일이군요."

"그래서 종루 주위에다 아예 건물을 세우려고 했지. 하지만 그마저도 할 수 없었네. 마치 대범종이 인간의 손길을 조금도 허용치 않는 듯했네."

선욱이 신기하다는 표정을 짓더니 고개를 끄덕였다.

지난밤에 느꼈던 범종의 기운을 생각한다면 그럴 수도 있겠다 싶었다. 범종은 자아를 지닌 기물이니 말이다.

"대범종에는 전설이 있네. 나라에 큰 환란이 생기기 직전에 누가 치지도 않았는데 우렁찬 종소리를 냈다는 그런 전설 말이네. 임진왜란이나 병자호란, 그리고 6.25사변 전에도 종이 울렸다는 기록이 남아 있네."

"아…… . 정말 불가사의한 일이군요."

"세상에는 그런 일들이 꼭 일어난다네. 눈에 보이는 게 다는 아니지. 사실, 처사만 보더라도 그렇지 않은가. 처사가 지닌 능력은 일반인들의 관점에서는 이해할 수 없으니 말이네."

선욱이 흠칫하더니 천천히 고개를 끄덕였다.

"한데, 스님께서는 왜 제게 묻지 않으십니까?"

"대범종에게 물어보아도 대답을 해 줄까?"

우문현답이란 이걸 두고 하는 말일 것이다.

영암 큰스님이 다시 말했다.

"세상일이라는 게 묻고 따져야 할 때도 있지만, 있는 그대로 받아들여야 할 때도 있는 법이네. 모든 건 부처님의 법 안에 있으니. 나무아미타불 관세음보살."

영암 큰스님이 나지막한 목소리로 불호를 외웠다.

선욱은 더 이상 그에게 대범종에 대해 묻지 못했다.

그에게는 보통 사람들은 결코 잴 수 없는 지혜가 있었다.

선욱은 전생에 만났던 현자들을 떠올렸다. 영암 큰스님도 그들과 비교해 조금도 못하지 않은 것 같았다.

'이런 사람이 이 나라에 열 명만 있어도 나라가 망하는 일은 없겠군.'

그는 영암 큰스님의 선방을 나와 새로운 주지로 선출된 자운 스님을 찾아갔다.

아직 조계사의 인가가 떨어지지 않았기에 공식적인 주지는 아니었지만, 그동안의 관례로 보면 사찰의 장로회에서 추천한 사람이 주지가 되는 일은 당연했다. 따라서 그는 천화사의 주지승이라고 해도 과언이 아니었다.

자운 스님은 무척 바빴다.

법회도 주최해야 했고, 처리해야 할 일도 많았다. 특히 공석이 된 총무원장의 자리가 문제였다.

총무원장은 사찰의 살림살이를 총괄한다. 따라서 업무량도 많을 뿐 아니라 온갖 이권이 개입하기 쉬운 곳이다.

천화사 같은 대사찰일 경우 매달 들어오는 시주나 기부금이 수십 억을 상회하니 말이다.

자운 스님은 총무원에서 일하는 스님들 중에서 원장을 뽑는 기존 관례를 거부하고 새로운 인물을 투입했다. 아직 공식적으로 임명한 건 아니지만, 특별한 일이 없는 한 그를 새로운 총무원장으로 세울 작정이었다.

자운 스님은 바쁜 와중에도 선욱이 만나기를 청하자 시간을 내주었다.

"어서 오십시오. 어제는 제대로 인사도 드리지 못했습니다. 거사님 덕분에 우리 천화사가 큰 환란을 넘겼습니다. 정말 감사드립니다. 나무아미타불 관세음보살!"

선욱도 그에게 합장을 했다.

"아닙니다. 영암 스님에게 오히려 신세를 많이 지고 있습니다."

"한데, 무슨 일이라도……?"

"다름이 아니라 입적한 전 총무원장에 관해서 여쭤 볼게 있습니다."

선욱의 말에 그의 표정이 살짝 굳었다.

전 총무원장이었던 진해 스님이 무슨 부정한 일을 저질렀든 그는 이미 세상을 떠났다. 따라서 그에 대해 언급하는 건 금기나 마찬가지였다.

하지만 선욱은 천화사의 어려운 일을 해결하고, 자신이

주지가 되는 데 큰 도움을 준 사람이다. 따라서 아무리 금기시되는 일이라도 그가 묻는다면 대답해 주지 않을 수 없었다.

"궁금한 게 무엇입니까?"

"진해 스님이 생전에 총무원장으로서 추진했던 여러 사업들에 대해 알고 싶습니다."

"음. 그건……."

"다른 뜻이 있어서 그런 게 아닙니다. 한 가지 마음에 걸리는 게 있어서 그걸 확인하려고 합니다."

"그게 무엇인지 여쭤도 되겠습니까?"

"스님께서도 아시다시피 영암 큰스님과 제가 용문암에 있을 때 나쁜 의도를 지닌 자들이 침입하지 않았습니까?"

"예, 그 이야기는 들었습니다."

"실은 그 침입이 한 번이 아니었습니다."

"예? 또 있었단 말입니까?"

"그렇습니다. 두 번째는 훨씬 위험했었습니다. 간신히 위기를 넘기고 그들을 쫓아내기는 했지만, 아무래도 그들에게 사주를 한 자들은 어제 대웅전에서 보았던 그 조폭들이 아닌 것 같습니다."

"이상하군요. 그들 말고는 그런 일을 저지를 자들이 없을 텐데……. 혹시 그렇게 생각하시는 이유라도 있습니까?"

"두 번째로 침입했던 자들은 총을 소유하고 있었습니다."

선욱의 대답에 자운 스님의 눈이 커졌다.

"초, 총을 말입니까?"

"그렇습니다. 어제 대웅전에서 보았던 자들이 아무리 강남 최고의 조직이라고는 하지만, 그들은 조폭 따위의 사주에 움직일 자들이 아닙니다."

"나무아미타불……. 그렇다면 또 다른 배후가 있단 말씀이군요."

"저는 그렇게 생각합니다. 그래서 그걸 확인해 보고자 하는 겁니다."

"그렇다면……."

그가 잠시 생각하더니 입을 열었다.

"총무원으로 가서서 정인이라는 스님을 찾으십시오. 제가 미리 전화를 해 둘 테니 그에게 궁금한 걸 물어보시면 될 겁니다. 진해 스님 생전에 항상 곁을 지키며 일을 보았던 사람이니 아마 잘 알 것입니다."

"알겠습니다. 그럼."

선욱은 그에게 합장을 한 후, 밖으로 나가 총무원으로 향했다.

잠시 후, 총무원에 도착한 선욱은 일반 사무실과 비슷한 풍경을 보고 실소를 흘렸다.

절에 이런 사무실이 있다는 사실이 어쩐지 어울리지 않다는 생각이 들었던 것이다.

삼십 대 중반으로 보이는 날카로운 인상의 스님 한 명이 선욱에게 다가오더니 합장을 했다.

"혹시 주지 스님께서 보낸 분이십니까?"

"그렇습니다. 정인 스님을 찾아왔습니다."

"제가 정인입니다. 이쪽으로 오시지요."

선욱은 다소 딱딱한 그의 말투를 듣고 자신과 대화를 나누는 걸 달가워하지 않는다는 사실을 알았다.

하지만 그건 선욱과는 상관이 없는 일이었다. 선욱은 원하는 정보만 얻으면 그뿐이었다.

작은 방에서 그와 마주 앉은 선욱이 먼저 입을 열었다.

"진해 스님이 총무원장으로 계실 때 추진했던 사업들에 대해서 알고 싶어서 찾아왔습니다."

정인 스님이 노골적인 불쾌감을 드러냈다.

"이미 입적하신 분의 일을 들춰내는 건 경우가 아니라고 생각합니다. 주지 스님께서 직접 전화를 주셔서 시주를 만나기는 했지만, 저로서는 대답하기가 난감하군요."

"난감하더라도 대답해 주셔야 합니다. 정 싫으시다면 주지 스님과 함께 다시 찾아와서 총무원을 뒤질 수밖에요."

"뭐요? 이것 보십시오. 총무원이 어떤 곳인데 외부인이 함부로 뒤지고 말고 한단 말입니까? 아무리 주지 스님이라도 그러실 권한은 없습니다."

"제가 알기로 지금 천화사에서 가장 어른은 주지이신 자운 스님 아니십니까? 그분이 할 수 없는 일이 있다는 사실이 믿기지 않는군요. 그렇다면 제가 직접 주지 스님께 다시 여쭤 보겠습니다."

선욱이 일어나려 하자 그가 다소 당황한 표정으로 말했다.

"제 말은 자운 스님께서 아직 공식적인 재가를 받지 못하셨으니, 그럴 권한이 없다는 뜻입니다."

"그야 재가가 곧 날 테니 시간문제일 뿐이군요. 괜히 일을 어렵게 만드시겠다면 그렇게 하십시오. 하지만 자운 스님이 주지로서 공식적인 재가를 받고 나면 어떻게 나오실지 궁금하군요."

선욱의 말에 그가 '끙!' 하는 소리를 내더니 자리에서 일어났다.

"잠시 기다려 보십시오."

그가 방을 나가더니 잠시 후, 다시 들어왔다. 그런데 그의 손에는 두툼한 서류 한 뭉치가 들려 있었다.

"최근 삼 년 동안 있었던 주요 사업 내용입니다. 그 이전의 것들은……."

"됐습니다. 이것이면 충분합니다."

"중요한 자료이니 훼손하거나 가져가시면 안 됩니다."

"그건 걱정 마십시오."

정인 스님이 똥 씹은 표정으로 선욱과 서류 뭉치를 번갈아 가며 쳐다보더니 밖으로 나갔다.

선욱은 곧바로 자리에 앉아 서류 뭉치를 살펴보기 시작했다.

한참 동안 꼼짝도 하지 않고 서류를 읽어 보던 선욱은 총무원장이 지난 3년 동안 했던 일들에 대해 어느 정도 파악할 수 있었다.

주로 사찰의 유지보수, 그리고 복지사업에 관련된 업무가 대부분이었고, 거기에는 조폭들과 엮일 만한 업무가 전혀 없었다. 그걸 파악하려면 시주나 기부금에 대한 것보다 자세한 용처를 알아야만 했는데, 거기에 대한 내용은 서류에 전혀 없었다.

하지만 선욱은 절과 같은 종교단체와 관련된 부정에 대해 들어서 아는 바가 있었다.

조폭들은 주로 범법 행위를 통해 돈을 번다. 당연히 그 돈은 불법적인 게 되고, 따라서 은행에 넣거나 재투자하는 데 애로가 많다.

그래서 조폭들이 생각해 낸 방법이 바로 종교단체에 기부하는 것이다. 일정 금액을 기부한 후, 그보다 훨씬 큰 금액을 기부확인서로 받는 방법이다.

기부확인서가 있으면 당연히 세금이 면제되고, 어둠 속에 묻어 둬야 할 돈이 합법적인 자금으로 바뀌는 것이다.

즉, 범법단체들에게 종교단체는 최고의 자금 세탁소였던 것이다.

그러나 선욱이 찾는 내용은 그게 아니었다.

총무원장이 최근 괴로워했던 일, 그리고 그 일의 배후에 누가 있는지를 밝혀내는 게 목적이었다.

그는 계속해서 서류들을 살펴 나가다가 뜻밖의 내용 하나를 발견했다.

어떻게 보면 아무렇지도 않게 지나칠 수 있는 그런 내용이었다.

바로 대범종에 대한 것이다.

그 내용이 선욱의 눈에 들어온 것은, 대범종이 단순한 국보급 유물이 아니라 기물이라는 사실을 지난밤에 알아냈기 때문이다.

만약 그 사실을 몰랐다면 대범종에 대한 추진사업을 선욱은 무심코 넘기고 말았으리라.

서류에 따르면 진해 스님은 대범종과 종루에 대한 복구작업을 추진하려고 했다. 그것도 단순한 복구가 아니라 대범종을 민간전문업체에 보내 완전한 복원을 하려고 했다.

'대범종을 외부로 유출시킨다고? 문화재 복구 전문 회

사로 옮겨?'

선욱의 고개를 갸웃거리게 만드는 부분이다.

영암 큰스님의 말에 의하면, 종루에 대한 복구 작업을 그동안 계속 시도했지만 온갖 사고 때문에 결국 포기하고 그대로 내버려 두는 것으로 결론을 냈다고 했다.

그런 대범종을 굳이 건드리려 하는 것은 이해할 수 없는 일이다.

순간, 선욱의 머리에 스치는 생각이 있었다.

'대범종이 기물이라는 사실을 알아낸 사람이 나 말고 또 있다면! 그리고 그가 그걸 얻으려고 한다면…….'

선욱이 저도 모르게 손가락을 딱, 하고 튕겼다.

좀 더 조사를 해 봐야 알겠지만, 사건의 윤곽이 희미하게나마 그려졌던 것이다.

선욱은 서류에 나와 있는 민간 문화재 복원 업체의 이름과 주소, 그리고 전화번호를 머리에 단단히 새긴 후 서류를 덮었다.

'그 업체에 대해 자세히 알아봐야겠군.'

선욱의 눈빛이 날카롭게 빛났다.

✠ ✠ ✠

서울 강남의 도심 한가운데 있는 룸살롱, 귀족.

소위 말하는 10%(상위 10% 안에 들어가는 미녀 아가씨들)가 상시 대기하는 유명한 룸살롱이다.

귀족에서 아가씨들을 불러 술을 한 번 마시려면, 일반 월급쟁이의 경우 두세 달 치 월급을 모두 모아야 가능할 정도로 술값이 비싸다.

아직 손님이 찾아오기에는 다소 이른 저녁 6시.

택시 한 대가 룸살롱 귀족 입구에 멈춰 섰다. 그리고 택시에서 젊은 청년 한 명이 내렸다.

그는 바로 천화사에서 조폭 보스로부터 받은 명함을 보고 조직의 근거지로 찾아온 강선욱이었다.

선욱은 룸살롱의 간판을 올려다보더니 입구를 향해 걸음을 옮겼다.

그가 귀족의 입구로 들어가려 하자, 깔끔한 흰색 와이셔츠에 양복을 빼입은 30대 초반의 사내 한 명이 머리를 꾸벅 숙였다.

"어서 오십시오."

곧이어 마담으로 보이는 40대 초반의 여성과 서빙을 하는 종업원들 몇 명이 나와 인사를 했다.

모두들 동일한 유니폼을 입고 있었고, 어지간한 업소의 아가씨들보다 아름다운 얼굴이었다.

선욱이 무표정한 얼굴로 마담에게 말했다.

"장윤석 사장을 만나러 왔소."

선욱의 말이 떨어지기 무섭게 모두의 안색이 굳었다.

마담이 애써 침착한 표정으로 입을 열었다.

"혹시 사장님과 약속이 되어 있으신가요?"

"천화사에서 찾아왔다고 하면 알 거요."

마담이 사내에게 눈짓을 하자, 사내가 경계 어린 표정을 짓더니 안으로 들어갔다.

"호호호, 그럼 이쪽으로 오셔서 기다리시겠어요?"

선욱이 고개를 가로저었다.

"여기 그냥 서 있겠소."

머쓱해진 마담이 종업원들에게 눈짓을 했다.

그러자 종업원들이 머리를 숙이더니 안으로 들어가 버렸다.

"그래도 입구에 그렇게 서 계시면 제 입장이 뭐가 되겠어요? 저기 있는 소파에라도 좀 앉으세요. 제가 커피 타 드리겠어요."

"커피는 필요 없소."

선욱이 여전히 굳은 표정으로 고개를 가로젓더니 팔짱을 꼈다.

마담은 선욱의 모습에서 심상치 않은 기색을 읽고 표정을 굳혔다.

그때, 안쪽에서 몇 명의 사내들이 나왔다.

하나같이 덩치가 크고 흉악해 보이는 얼굴을 지니고 있

었는데, 이마에 '조폭'이라는 글자를 달고 다녀도 하나도 이상하지 않을 것 같은 모습이었다.

그들 중 두 명이 슬그머니 선욱을 지나쳐 입구 바깥쪽에 나가서 섰고, 나머지 두 명은 선욱의 몇 미터 앞쪽에 섰다.

자신을 감시하는 게 분명했지만 선욱은 전혀 개의치 않는 모습이었다.

잠시 후, 조금 전에 선욱을 맞았던 30대 초반의 사내가 다시 나왔다.

그의 표정은 전과는 달리 상당히 딱딱했다.

"사장님께서 들어오시랍니다. 이쪽으로 오시죠."

선욱이 고개를 끄덕이더니 그를 따라 안으로 들어갔다.

마담이 선욱의 뒷모습을 쳐다보며 침을 꿀꺽 삼켰다.

선욱은 미로처럼 복잡하게 얽혀 있는 복도를 지나 안쪽으로 들어갔다.

복도 곳곳에는 어느새 정장을 입은 덩치 큰 사내들이 줄지어 나와 있었고, 선욱은 그들 사이를 천천히 걸어갔다.

보통 사람들이라면 다리가 휘청거리고도 남을 분위기였지만, 선욱은 조금도 긴장된 표정이 아니었다.

선욱은 복도 끝까지 걸어갔고, 벽 앞에서 멈추었다.

선욱을 안내한 사내가 그를 힐끗 보더니 벽에 걸려 있

는 그림 귀퉁이를 건드렸다. 그러자 '윙!' 하는 기계음이 들리더니 벽이 문처럼 열렸다.

선욱이 그 안으로 들어가자 작은 방이 나타났다.

벽 한쪽에 모니터 10개가량이 설치되어 있었고, 화면에는 룸살롱 내, 외부 곳곳이 실시간으로 보였다.

그리고 서너 명의 사내들이 모니터 앞에 앉아서 모니터를 지켜보고 있었다.

모니터가 설치된 벽 옆에 또 하나의 문이 더 있었고, 선욱을 안내해 온 사내는 그 문을 열었다. 그러자 안쪽에 훨씬 큰 사무실 하나가 나타났다.

대기업 사장실이라고 해도 과언이 아닐 정도로 푹신한 고급 소파를 비롯한 각종 집기들이 있었다.

소파에는 세 명의 사내들이 앉아 있었는데, 모두 선욱이 얼굴을 본 적이 있는 자들이었다.

특히 팔에 붕대를 감은 자는 선욱을 잡아먹을 듯 노려보고 있었는데, 선욱이 보스로부터 받은 명함을 표창처럼 날리는 바람에 다친 자였다.

선욱은 소파 상석에 앉아 있는 사내를 쳐다보더니 눈빛을 빛냈다. 강남 일대를 주름잡고 있는 조직 뉴에이지 파의 보스 장윤석이다.

장윤석이 비릿한 미소를 머금은 표정으로 선욱을 쳐다보았다. 천화사에서와는 달리 지금 그의 모습에서는 여유가 넘쳐흘렀다.

"어이. 생각보다 빨리 찾아왔군. 거기 앉지."

선욱은 자리에 앉는 대신 무표정한 얼굴로 말했다.

"길게 이야기할 생각은 없고…… 간단히 말하지. 천화사는 더 이상 건드리지 마."

선욱의 말이 끝나기 무섭게 사방에서 욕설과 함께 살기가 쏟아졌다.

"이 새끼! 사장님께 감히……."

"죽고 싶어 환장을 했나, 여기가 어디라고……."

그들이 막 나서려는 순간, 장윤석이 손을 들어 그들을 제지했다.

"잠깐."

보스의 명령에 조폭들 모두 '끙!' 하는 소리를 내며 물러섰다. 하지만 살벌한 눈빛만큼은 여전히 거두지 않았다.

장윤석이 의자 등받이에 등을 기대더니 묘한 표정으로 선욱을 쳐다보았다.

"용감한 건지, 바보인 건지 구분할 수가 없군. 뭐가 너를 그렇게 자신만만하게 만들었지? 혹시 믿는 구석이라도 있나?"

"나!"

"뭐?"

"나 자신을 믿는다."

장윤석이 황당하다는 표정으로 선욱을 잠시 쳐다보더니 갑자기 큰 웃음을 터뜨렸다.

"우하하하하! 재미있군. 재미있어."

"한 가지만 더 묻고 가겠다."

"가겠다? 후후후, 너무 어이가 없으니 웃음밖에 나오지 않는군. 그래, 묻고 싶은 게 뭐냐?"

"영암 큰스님을 제거하라고 사주한 게 당신인가?"

장윤석 사장이 흠칫하더니 말했다.

"누가 그를 죽이려 했던 모양이군."

"당신이 사주한 일인가?"

"내가 그를 죽이려 했으면 그 중이 아직 살아 있을 거라 생각하나?"

선욱이 잠시 그의 눈을 쳐다보더니 고개를 끄덕였다.

"역시 당신은 아니었군. 이만 가겠다. 내 말 명심하도록!"

선욱이 곧바로 등을 돌렸다.

그러자 세 명의 사내가 선욱의 앞을 막아섰다.

선욱의 등 뒤에서 장윤석 사장의 목소리가 들렸다.

"너, 세상 참 편하게 사는구나. 오고 싶으면 오고, 가고 싶으면 가고, 지껄이고 싶으면 마음대로 지껄이고……."

"곱게 말할 때 애들 치워."

장윤석 사장의 말이 갑자기 험악해졌다.

"이 새끼, 가진 실력이 아까워서 귀엽게 봐 줬더니 하늘 높은 줄 모르고 까부는군."

그의 말이 끝나기 무섭게 주위에 있던 조폭들이 흉기를 꺼내 들었다. 잭나이프와 회칼, 그리고 야구방망이까지, 다양한 흉기들이 섬뜩한 살기를 뿌리며 선욱을 향해 이빨을 드러냈다.

장윤석 사장이 다시 말했다.

"지금이라도 늦지 않았다. 나는 인재를 아끼는 사람이야. 조용히 와서 내 앞에 앉아."

선욱이 고개를 돌려 그를 쳐다보더니 코웃음을 쳤다.

"이 쓰레기들로 나를 어떻게 할 수 있을 거라 생각하나?"

순간, 사방에서 욕설이 난무했다.

"뭐? 저 새끼가 죽으려고……."

"당장 담가 버려!"

"죽여!"

조폭들이 선욱을 향해 이빨을 드러냈다.

장윤석 사장도 더 이상 그들을 제지하지 않았다.

그러자 곧바로 흉기들이 선욱을 향해 쏟아졌다.

쉬잇!

위잉!

칼 빛이 반짝이고 야구 방망이가 허공을 갈랐다.

온갖 흉기들이 선욱의 온몸을 짓이기려는 순간에도 선욱은 그 자리에 꼼작도 하지 않고 서 있었다.

그러다 갑자기 그의 모습이 사라졌다.

얼마나 빨리 움직였는지 허공에 희미한 잔상이 남는 듯했다.

빠바바바박!

뼈 여러 개가 부러지는 소리가 거의 동시에 들려왔고, 조폭들의 비명은 그다음이었다.

"악!"

"으아악!"

"크윽!"

흉기를 쥐고 있던 그들의 손에는 아무것도 없었다. 오히려 그들의 팔목이 불가능한 각도로 꺾여서 덜렁거렸다.

눈 깜짝할 사이에 다섯 명의 조폭들이 팔뼈가 부러져버린 것이다.

다음 순간, 선욱은 원래 자신이 서 있던 자리에 다시 나타났다.

선욱은 믿은 수 없다는 듯 경악한 표정을 짓고 있는 장윤석 사장을 노려보며 으스스한 목소리로 말했다.

"장난은 한 번뿐이다. 또다시 덤비면 그때 평생 국만 떠먹으면서 살게 해 주지."

섬뜩한 살기와 함께 기이한 위압감이 선욱의 온몸에서 뿜어져 나와 주변을 압도했다.

장윤석 사장은 두려움에 질린 표정으로 품속에서 권총을 꺼내 선욱을 겨누었다.

"꼬, 꼼작 마!"

선욱이 미간을 찌푸렸다.

그때 바깥에서 열 명이 넘는 조폭들이 우르르 뛰어 들어오더니 선욱을 포위했다.

그들의 손에도 온갖 흉기들이 들려 있었다.

장윤석 사장은 부하들이 떼로 몰려왔고, 손에 권총을 들고 있자 다소 안심이 되는지 안정을 되찾았다.

"그 자리에 조용히 꿇어앉아! 총알 맛을 보기 싫으면."

선욱이 오히려 그를 향해 천천히 다가갔다.

조폭들이 선욱을 덮치려 하자 장윤석이 손을 들어 막은 후 소리쳤다.

"이 새끼, 정말 미쳤군. 이게 장난감인 줄 아나?"

"한번 쏴 봐."

"뭐?"

"그걸 쏘는 순간 넌 평생 침대에 누워서 살아야 할 거다."

장윤석 사장은 전혀 두려움 없이 말하는 선욱을 도저히 이해할 수 없었다.

아무리 대단한 실력을 지녔다고 해도 총 앞에서는 나약한 인간일 따름이다. 아무리 빨라도 총알보다 빠를 수는 없으니 말이다.

장윤석 사장의 입장에서는 선욱이 워낙 대차게 나오니 이제는 정말 그에게 믿을 만한 구석이 있는 건지, 아니면 자신의 목숨을 하찮게 여길 정도로 세상사에 달관한 건지, 그것도 아니면 미친 건지 이해할 수가 없었다.

그의 안색이 삽시간에 굳어지는가 싶더니 커다란 총성이 울렸다.

탕!

총알은 '핑!' 하는 소리와 함께 선욱의 귓전을 스치고 지나가 벽에 구멍을 냈다.

하지만 선욱은 전혀 움직이지 않았다. 아무리 간이 큰 사람이라도 그 자리에 넙죽 엎드리거나 움찔하고 말 텐데, 선욱은 눈 하나 깜빡이지 않고 장윤석 사장을 노려보고 있었다.

장윤석 사장은 그런 선욱의 모습에 질리고 말았다.

그리고 순간 이런 생각을 했다.

'저놈이 내 밑에만 들어와 준다면 조직의 반을 떼어 주어도 아깝지 않다.'

장윤석 사장이 전국구 조폭으로 이름을 떨치고, 또 서울에서도 노른자위에 해당하는 강남 일대를 지배하는 건 우연이 아니다.

그에게는 여느 조폭들과는 달리 사람을 보는 눈이 있었고, 상황을 합리적으로 파악하는 이성도 있었다. 뿐만 아니라 필요할 때에는 자신을 내던질 수 있는 용기도 있었다.

조폭이 아니라 다른 방면으로 나갔어도 크게 한자리 차지할 능력이 있는 사람이라는 말이다.

장윤석 사장이 갑자기 큰 웃음을 터뜨리더니 총을 내렸다.

"우하하하! 정말 대단하군. 대단해."

그가 웃음을 멈춘 후, 부하들에게 손을 휘휘 저었다.

"모두 나가 봐."

그의 곁에 있던 부하들이 말도 안 된다는 표정으로 소리쳤다.

"사장님!"

"안 됩니다! 저놈 너무 위험합니다."

장윤석 사장은 부하들의 만류에도 아랑곳하지 않았다.

"그만 됐으니 모두 나가 보란 말이야. 그리고 마담 들어오라고 해."

조폭들은 어쩔 수 없다는 표정으로 흉기를 내리더니 모두 밖으로 나갔다.

선욱의 눈에서 이채가 떠올랐다.

'저놈은 뭔가 좀 다르군.'

만약 그가 정말 자신을 죽이려고 총을 쐈다면, 그걸 피한 후 아작을 내 버릴 작정을 하고 있던 선욱으로서도 의외의 상황이 아닐 수 없었다.

장윤석 사장이 자리에서 일어나더니 선욱에게 정중한 자세로 자리를 권했다.

"여기 잠시 앉지 않겠나? 모든 걸 떠나서 정말 자네 같은 사람과 진지하게 이야기를 해 보고 싶어서 그러네. 이건 내 부탁이네."

선욱이 잠시 그를 쳐다보며 뭔가 생각하는 듯하더니 자리에 앉았다.

그때, 문이 열리더니 마담이 들어왔다.

다소 긴장된 표정을 짓고 있던 마담은 장윤석 사장의 얼굴이 밝은 것을 보고 안도해하는 눈치였다.

"부르셨어요, 사장님?"

"최 마담, 상을 좀 차려 주게."

"상을요? 아! 알겠습니다. 잠시만 기다리세요."

그녀가 싱글벙글한 표정으로 밖으로 나갔다.

"사내들끼리 이야기를 하는데 술이 없으면 재미가 없지. 그래서 시켰네. 괜찮겠지?"

선욱은 아무 상관없다는 듯 무표정한 얼굴을 하고 있을 뿐이었다.

그런 선욱을 물끄러미 쳐다보던 장윤석 사장이 크게 웃더니 말했다.

"하하하, 정말 목석이군. 좋네. 어차피 그런 점이 마음에 들었으니까. 솔직히 말하지. 자네…… 누구 밑에서 일할 생각 따윈 전혀 없겠지?"

선욱이 간단히 대답했다.

"전혀!"

"그럴 줄 알았네. 자네 같은 사람은…… 절대 남 밑에서 일할 타입이 아니거든."

"하고 싶은 말이 뭐요?"

"후후후, 특별히 하고 싶은 말은 없네. 단지 자네에 대해서 좀 알고 싶을 따름이네."

선욱이 가볍게 코웃음을 치더니 고개를 흔들었다.

"잘못 짚은 것 같군. 나는 당신이 알 만한 사람이 아니오."

"대단한 자부심이군. 그럼 자네가 직접 내게 알려 주게."

"그럴 이유라도?"

"이 세상, 혼자 살아가는 게 아니지 않나? 자네의 능력을 보니 언젠가 이 계통에서 사람들과 부대낄 일이 있을 거네. 그때 도움을 주거나 받을 수 있다면 훨씬 수월하지 않겠나?"

"나는……."

선욱은 그럴 일 없다고 말하려다가 그만두었다.

"하고 싶은 말이 뭔가? 해 보게."

"내가 아직 남아 당신과 대화를 나누는 이유는 묻고 싶은 게 더 있기 때문일 뿐이오."

"그래? 뭔가? 묻고 싶은 게."

"그건……."

선욱이 막 입을 열려는 순간, 문이 열리더니 마담과 함께 쟁반을 든 아가씨들 몇 명이 들어왔다.

숨 막히게 아름다운 아가씨들이었는데, 모두 연예인이라 해도 모자라지 않을 정도였다.

"자, 어서 내려놔."

아가씨들이 음식과 술, 그리고 음료수 등을 테이블 위에 차렸다.

양주도 무척 고급이었고, 차려진 음식들도 전문 요리집 저리 가라고 할 정도로 화려하고 맛깔스러워 보였다.

아가씨들 중 한 명이 선욱의 옆에 앉았고, 또 한 명은 장윤석 사장 곁에 앉았다.

그녀들은 익숙한 손놀림으로 컵에 얼음을 넣고 양주병을 따서는 잔을 채웠다.

"어서 드세요, 오빠."

선욱이 자신에게 술을 권하는 그녀의 모습을 슬쩍 보더

니 말했다.

"혼자 마실 수 있으니 그만 나가 보십시오."

"네?"

장윤석 사장이 선욱의 표정을 보더니 그녀들에게 말했다.

"그래, 너희들은 그만 나가 봐라."

아가씨들은 두말 않고 조용히 일어나 머리를 숙이더니 마담과 함께 밖으로 나갔다.

그가 잔을 들었다.

"일단 한 잔 마시지."

"술 마시려고 남은 거 아니오."

"내게 묻고 싶은 게 있다고 하지 않았나? 그 잔을 비우면 대답해 주지."

선욱이 피식 웃더니 잔을 들어 단숨에 비웠다.

"하하하. 그래, 그래야지. 자, 한 잔 받게."

선욱은 순순히 그에게 잔을 내밀어 술을 받았다.

"그래, 묻고 싶은 게 뭔가?"

"영암 큰스님을 제거해서 입적한 진해 스님이 주지가 되게 할 만큼 절박한 사람이 당신 말고 또 누가 있소?"

"흠! 결국 묻고 싶다는 게 그것이었군."

"혹시 알고 있는 게 있소?"

"내가 알기로는 없네. 사실 진해 스님이 주지가 되었다면 여러 모로 편리하기는 했겠지. 새로운 사람들에게 작업 들어갈 필요도 없이 기존에 해 오던 그대로 일을 해 나가면 되니까. 하지만 그렇다고 해서 대한민국 불교계의 어른이고, 또 많은 신자들의 존경을 받는 영암 스님을 해치는 위험을 감수할 정도는 아니네."

"그렇다면 진해 스님이 생전에 당신 말고 또 다른 조직과 손을 잡은 적은 없소?"

"있다면 내가 가만두지 않았을 것이네. 아무리 이 바닥이 지저분하다고 해도 영역이라는 게 있거든? 그 영역을 넘는 순간 피를 부르는 전쟁이 벌어지네. 아마 우리 뉴에이지 파와 전쟁을 벌일 정도로 무모한 조직은 존재하지 않을 거네."

"역시……."

"사실 나도 좀 궁금하군. 도대체 어떤 조직에서 영암 스님의 목숨을 빼앗으면서까지 진해, 그자를 주지로 만들려고 했는지 말이야."

선욱은 그의 말을 들으며 짐작했다.

'역시 비기기 관련된 게 분명하군. 일반 조폭들이 벌인 일이 아니야. 그랬다면 이자도 분명히 알았을 것이다.'

선욱의 표정을 본 그가 눈빛을 빛냈다.

"혹시 자네는 짚이는 게 있나? 표정을 보니 아는 게 있는 것 같은데……."

선욱이 내심 흠칫했다.

눈치가 보통이 아닌 자였다.

"짚이는 게 있으면 물어봤겠소? 어쨌든 질문의 답은 들었으니 이만 일어나겠소. 술 잘 마셨소."

선욱이 몸을 일으켰다.

"애들에게 이야기해 놓을 테니 술 마시고 싶으면 언제든 좋으니 여길 찾아오게."

"그럴 일은 없을 거요."

"그야 모르지. 세상일이라는 게……."

그가 알 듯 말 듯 한 미소를 지으며 말끝을 흐렸다.

선욱이 냉소를 짓더니 그곳을 떠났다.

장윤석 사장이 선욱의 뒷모습을 묘한 표정으로 쳐다보더니 술잔을 기울였다.

✠ ✠ ✠

"음!"

나지막한 신음 소리가 중년인의 입에서 흘러나왔다.

뺨에 길게 난 가느다란 흉터가 표정의 변화에 따라 꿈틀거리며 움직였다.

그는 굳은 표정으로 넓은 통유리로 된 창을 통해 서울의 야경을 내려다보았다.

"휴우!"

깊은 한숨 소리가 그의 입에서 흘러나왔다. 뭔가 풀리지 않는 듯 답답한 기색이 역력한 표정이다.

곧이어 그가 핸드폰을 꺼내 잠시 만지작거리더니 어디론가 전화를 걸었다.

"염입니다."

핸드폰 너머로 늙수그레한 목소리가 흘러나왔다.

— 천화사의 일이 뜻대로 풀리지 않는다고 들었다.

"죄송합니다. 그의 능력을 과소평가한 것 같습니다."

— 전술팀의 기습을 물리칠 정도로 강자란 말이냐?

"그렇습니다."

— 흠! 그 정도라면 비가 장로급 이상의 고수라는 말인데…… 낭인이나 은자들 가운데 그런 고수가 있었던가?

"우리가 파악하고 있는 리스트에는 없는 고수였습니다. 그래서 다른 쪽으로 알아보았는데…… 조금 전에 그의 정체를 알아냈습니다."

— 그래? 누구였느냐?

"강선욱이라는 자입니다."

— 강선욱!

"그렇습니다."

— 음! 하필 선무도관 쪽 사람이란 말이냐?

"그렇습니다. 때문에 섣불리 손댈 수 없습니다. 강선

욱, 그자의 능력도 대단하지만, 선무도관에서 우리들의 움직임을 눈치채게 되면 앞으로의 대업에 걸림돌이 될 겁니다."

— 일단 추진하고 있던 모든 일들은 중단해라. 내가 태상께 이 일을 보고드린 후에 지시를 받아 다시 움직이도록 해라.

"그렇게 하겠습니다."

— 강선욱, 그자가 뭔가 알아차린 건 없더냐?

"지금으로서는 없는 것 같습니다. 하지만 만약을 대비해 관련자들을 모두 제거하도록 지시해 두었습니다.

— 잘했다. 선무도관도 골치가 아픈데 그자까지 나서면 감당하기 어렵다. 중국의 진가가 그가 지닌 기물을 빼앗으려다가 멸문 직전까지 가지 않았느냐.

"정말 믿기 어려울 정도로 강한 자입니다."

— 그래서 천화사에 있는 대범종의 기운이 필요한 것이다. 그것만 얻게 된다면 우리를 막을 수 있는 자는 존재하지 않을 것이다.

"저도 그날만을 학수고대하고 있습니다."

— 너무 조급히 생각할 필요는 없다. 오랜 세월 동안 그렇게 고대하던 기물 하나를 이미 태상께서 얻지 않았느냐. 수백 년을 기다렸는데 몇 년을 더 참지 못할 이유가 없다.

"명심하겠습니다."

— 그래, 수고하도록 해라.

그가 핸드폰을 끊고는 깊은 한숨을 내쉬었다.

수백 년 동안 내려오던 가문의 대업을 이제야 이룰 수 있다고 여겼는데, 뜻하지 않은 장애물을 만났다.

바로 강선욱이다.

강선욱은 능력자들 가운데서도 괴물로 알려진 자다. 비가들도 선무도관이 아니라 그의 눈치를 보고 있을 정도이니 말이다.

'대범종의 기운만 얻을 수 있다면……'

그의 눈빛이 이글이글 타오르기 시작했다.

5장

음모자들

선욱은 룸살롱 귀족을 나온 직후 곧바로 택시를 타고 어디론가 향했다.

그가 도착한 곳은 서울 외곽에 있는, 주식회사 대원이라는 기업이었다.

대원은 대한민국에서도 몇 안 되는 문화재 관리 전문회사다. 특히 훼손된 문화재를 복원하는 일을 주로 했는데, 모든 면에서 톱클래스에 속할 정도로 실력이 우수하다.

늦은 밤.

주식회사 대원의 몇몇 사무실에는 아직도 불이 훤하게 켜져 있었다. 늦게까지 일을 하느라 퇴근도 잊은 모양이다.

선욱은 건물 앞에서 잠시 주변을 살폈다.

경비가 상당히 철저했다.

가스총으로 무장한 경비원들이 컴퓨터로 통제되는 문을 지키고 있었고, 보안 카메라가 환하게 밝혀진 주변을 샅샅이 비췄다.

아무리 재주가 좋은 도둑이라도 이 건물만큼은 결코 침입하지 못할 듯 보였다.

'이렇게 살펴봐서 뭘 알아낼 수 있을까?'

쉽지 않은 일이다.

'결국 사장을 만나 봐야겠지. 하지만 그전에 건물 내부는 살펴봐야겠다.'

선욱은 주변을 살피다가 은밀하게 숨어 들어갈 수 있는 곳을 찾았다.

'저쪽으로 들어가면……. 응?'

선욱이 흠칫하더니 가로수 뒤로 몸을 숨겼다.

건물 동쪽 담벼락 아래에서 불쑥 솟아나온 검은 인영 때문이다.

선욱의 눈이 가늘어졌다.

검은색 옷을 입었고 복면까지 했다. 그리고 등에는 배낭을 짊어지고 있다.

그는 주변을 살피더니 소리 없이 건물 벽을 오르기 시작했다.

놀라운 일이었다.

아무 장비도 없이 매끄러운 건물 벽을 타고 올라가다니 말이다.

더구나 그곳은 사각지대였다.

매끈한 벽으로만 이루어져 있어 손이나 발을 디딜 곳이 전혀 없어, 조명이나 감시 카메라도 없는 곳이다.

마침 선욱도 그곳으로 건물에 침입하면 어떨까 하고 생각하던 참이었다. 그런데 검은 복면의 야행인이 먼저 선수를 친 것이다.

선욱은 은밀하게 그가 타고 올라가는 벽 아래로 다가갔다.

예사롭지 않은 기세가 상대에게서 느껴진다. 그건 결코 평범한 사람이 뿜어낼 수 없는 기운이었다.

'기를 배운 능력자군.'

선욱이 눈빛을 빛내며 그의 움직임을 주시했다.

야행인은 다람쥐처럼 벽을 타고 올라가더니 건물의 최고층인 7층에서 멈추었다.

그는 손으로 통유리의 표면을 둥글게 그리고는 살짝 밀었다.

그러자 유리가 소리 없이 둥글게 잘려 나갔고, 야행인은 그 구멍을 통해 안으로 들어갔다.

'저자가 누구기에…….'

선욱이 갑자기 흠칫하는 표정을 짓더니 벽을 타고 올라가려 했다.

그때!

펑! 화르르르!

야행인이 들어간 7층 창문에서 화염이 솟구쳤다.

따르르르르르릉!

화재 경보가 울렸고, 경비들이 뛰어나왔다.

선욱은 '아차!' 했지만 어쩔 수 없이 몸을 숨겼다.

그때, 7층에서 야행인이 다른 창문을 통해 튀어나오는 것을 보았다.

야행인은 건물 벽을 타고 눈 깜짝할 사이에 아래로 내려오더니 어둠 속으로 사라졌다.

곧이어 선욱이 그가 사라진 방향으로 몸을 날렸다.

선욱은 어둠 속에서 도망치는 야행인의 뒤를 쫓았다.

어둠 속에서 빠른 속도로 달아나고 있었지만, 선욱이 그를 놓칠 리가 없었다.

'빠른 놈이군. 상당한 실력자야.'

골목을 나서자 도로가 나왔고, 야행인은 주차되어 있던 차에 올라 곧바로 출발했다.

선욱은 전력을 다해 차를 쫓아갔다.

그의 능력이라면 도로에서 차를 쫓아가는 건 어려운 일

이 아니었지만, 사람들의 눈이 문제였다. 다행히 밤이 늦었기에 행인들은 없었지만 도로가 한산해 야행인이 탄 승용차는 무서운 속도로 질주하기 시작했다.

아무리 선욱이 탁월한 능력을 지니고 있다고 해도, 한계가 있다. 그는 자신의 능력만으로 승용차를 쫓아가기 어렵다는 사실을 알았다.

그때, 다행히 택시 한 대가 지나갔다.

선욱은 걸음을 멈춘 후, 재빨리 택시를 잡아타고는 기사에게 말했다.

"저기 달려가는 차를 따라가십시오. 목적지까지 놓치지 않으면 요금의 두 배를 드리죠."

택시기사가 흠칫하더니 핸들을 거머쥐었다.

"꼭 잡으십쇼, 손님!"

부아아앙!

택시기사는 액셀을 깊이 밟으며 추격에 나섰다.

꽤 오랜 세월 동안 택시를 몰았던 모양이다. 택시는 얼마 지나지 않아 야행인이 탄 차를 따라잡았다.

택시기사가 씩 웃으며 여유롭게 말했다.

"따라가고 있다는 거 들키면 안 되죠?"

선욱은 내심 실소를 흘렸다.

"가능하면 들키지 않도록 해 주십시오."

"하하, 걱정 붙들어 매십쇼. 제가 이래 봬도 택시 경력만 25년입니다. 이런 일이 한두 번이 아니에요. 예전에는 바람난 마누라 쫓아가자는 손님이 계셨는데…….”

택시기사는 말을 무던히도 많이 해 댔다.

그는 비행기 시간에 늦은 손님을 태우고 서울에서 인천 공항까지 몇 분에 끊었다거나, 결혼식에 늦은 손님을 지방까지 몇 시간 만에 모셨다는 등의 이야기를 끊임없이 했다.

그의 말대로라면 카레이싱 선수가 되어도 모자람이 없을 듯하다.

선욱은 계속되는 택시기사의 수다를 들으면서도 앞서 달리고 있는 야행인의 승용차에서 눈을 떼지 않았다.

마침내 승용차는 강남에 있는 한 건물 앞에 멈췄다.

“됐습니다. 여기 세워 주십시오.”

“하하하, 제가 말씀드렸죠? 절대 놓치지 않는다고…….”

“여기 있습니다.”

선욱은 오만 원권 한 장을 기사에게 건네준 후, 재빨리 택시에서 내렸다.

택시기사가 입을 함지박하게 벌리며 선욱을 향해 손을 흔들었다.

“꼭 성공하십쇼!”

도대체 뭘 성공하란 이야긴가.

선욱은 내심 고개를 절레절레 흔들고는 곧바로 야행인이 탄 승용차가 멈춘 건물을 쳐다보았다.

택시에서 내린 야행인은 어느새 복면을 벗었고, 셔츠도 갈아입은 상태였다. 잠시 신호 대기를 하는 중에 갈아입은 모양이었다.

야행인은 비교적 젊은 청년이었다.

이십 대 중, 후반으로 보였는데, 눈매가 날카로웠고 움직임 하나하나에 절도가 배어 있었다.

대단한 수련을 거친 자가 틀림없었다.

그는 주변을 슬쩍 둘러보더니 건물 안으로 들어갔다.

선욱은 그가 건물 안으로 사라지기를 기다렸다가 곧바로 정문으로 다가갔다.

문은 전자식 자물쇠로 잠겨 있었는데, 보안 카메라까지 천정에 달려 있어 함부로 침입할 수가 없었다.

유리로 된 정문 안쪽에 긴 복도가 있었고, 그 끝에 엘리베이터가 보였다. 그리고 그 청년이 막 엘리베이터를 타고 있었다.

다행히 선욱이 있는 각도에서는 엘리베이터의 층을 표시하는 액정화면이 보였다.

엘리베이터는 15층에서 멈췄다.

'15층이라…….'

선욱이 유리로 된 문을 살피더니 손에서 요검을 뽑아냈

다. 그리고는 감시 카메라와 연결되어 있는 선을 자른 후, 문틈으로 집어넣어 크게 한 바퀴 돌렸다.

유리문과 연결된 모든 전선이 끊어졌고, 자물쇠까지 잘렸다.

선욱은 소리 없이 문을 열고 안으로 들어갔다.

엘리베이터 옆에 비상계단이 있었다.

선욱은 비상계단을 통해 무서운 속도로 위층으로 올라가기 시작했다.

마치 평지를 뛰듯 계단을 올라가는 선욱의 발걸음은 거칠 것 없이 빨랐지만 소리는 전혀 들리지 않았다.

눈 깜짝할 사이에 15층까지 올라온 선욱은 한 점 흐트러짐 없는 호흡으로 복도로 나왔다.

그는 단전의 기운을 끌어 올려 감각을 날카롭게 세웠다.

복도를 따라 천천히 걸으면서, 선욱은 야행인이 들어간 사무실을 찾았다.

마침내 선욱은 복도 끝에 있는 사무실 문 앞에서 멈추었다.

'여기로군.'

선욱이 눈을 지그시 감으며 안쪽의 기운을 살폈다.

최소한 세 명의 사람이 사무실 안에 있다는 사실을 알 수 있었다.

선욱이 문고리를 잡고 가볍게 밀었다.

우지직!

자물쇠가 으스러지는 소리가 나더니 문이 힘없이 열렸다.

"누구냐!"

고함 소리와 함께 바람이 일었다.

선욱이 허리를 살짝 뒤로 기울였다가 오른손을 뻗었다.

턱!

선욱을 공격했던 사내가 믿을 수 없다는 표정을 지은 채 그의 눈앞에 서 있었다.

"으으……"

그의 표정이 일그러졌다.

선욱에게 잡힌 손목이 으스러지는 듯 고통스러웠기 때문이다.

'네 명?'

선욱이 의아스럽다는 표정을 지었다.

셋이라고 생각했는데 사무실 안에는 네 명이 있었다.

기감에 걸려들지 않은 자가 한 명 더 있었고, 그건 그가 그만큼 강하기 때문일 것이다.

선욱은 양복을 입은 채 창을 등지고 서 있는 중년 사내를 쳐다보았다.

그의 양쪽에 서서 경계 어린 표정을 짓고 있는 두 명의 사내들은 아예 눈에 들어오지도 않았다.

'강자로군.'

선욱은 그가 비가의 장로급 고수에 버금가는 실력자임을 본능적으로 알 수 있었다. 물론, 그래 봐야 선욱의 상대는 아니겠지만 말이다.

양쪽에 있던 사내 둘이 선욱을 향해 다가가려 하자 창을 등진 사내가 손을 들었다.

"물러서!"

두 사내들이 흠칫하더니 조용히 뒤로 물러났다.

그가 선욱을 가만히 쳐다보더니 말했다.

"따라왔군."

선욱이 고개를 끄덕였다.

"여기까지 친절히 안내해 주는 녀석이 있었다."

중년 사내가 자신의 우측에 서 있던 젊은 사내를 쳐다보았다.

"멍청한 녀석. 꼬리를 달고 오다니······."

"죄, 죄송합니다."

선욱이 차가운 미소를 지었다.

"시간은 많으니, 차차 이야기해 보도록 하지."

중년 사내가 선욱을 향해 다시 입을 열었다.

"내 생각이 맞는다면 네가 바로 영암의 곁에 붙어서 그를 보호해 준 고수겠군. 그렇지 않나?"

선욱이 가볍게 코웃음을 쳤다. 하지만 내심 적잖게 놀랐다. 그의 순간적인 판단 능력이 대단하다고 생각했기 때문이다.

"대답이 없는 걸 보니 맞군. 그렇다면 네 이름이 강선욱인가? 요즘 비가들 사이에서 소문이 아주 자자하더군."

"나에 대해 궁금한 게 있다면 차차 알려 주도록 하지. 그보다 너희들의 정체부터 밝히는 게 순서겠지. 그럼 시작해 볼까?"

선욱이 두 손에 강한 기운을 응집시켰다.

우웅!

주변의 공기가 떨리며 가느다란 소리를 냈다.

중년 사내가 한 걸음 뒤로 물러나더니 양쪽에 서 있는 사내들을 향해 눈짓을 했다.

그의 눈짓을 받은 사내들이 고개를 끄덕이더니 비장한 표정을 지었다.

그들이 주먹을 불끈 쥐더니 기운을 끌어 올리기 시작했다.

무섭도록 강력한 기운이 그들의 온몸에서 뿜어져 나왔다.

선욱조차 흠칫할 정도로 강한 기운이었다.

선욱이 미간을 찌푸렸다.

"여기서 죽을 작정이군. 잠력까지 뽑아내다니."

선욱이 스산한 눈빛으로 그들을 노려보았다.

그 순간!

와장창!

통유리가 박살이 나더니 중년 사내가 깨진 창을 통해 밖으로 몸을 날렸다.

선욱이 놀라는 것도 잠시, 양쪽에서 파공음과 함께 매서운 기운이 몰려왔다.

선욱이 두 손을 양쪽으로 뻗었다.

파바방!

요란한 소리와 함께 두 마디의 신음성이 흘렀다.

선욱을 공격했던 두 사내들이 고통스러운 표정을 지으며 뒤로 튕겨났던 것이다.

선욱은 그들을 제쳐 두고 창밖으로 몸을 날린 자를 쫓으려 했다.

그때, 두 사내가 다시 선욱을 붙잡고 늘어졌다.

선욱이 어금니를 지그시 깨물었다.

그들의 공격을 상당히 강한 힘으로 받아쳤기에 완전히 제압했으리라 짐작했는데, 다시 공격을 받았기 때문이다.

'잠력 때문이군.'

선욱이 오른손을 들어 올렸다.

비잉!

그의 손바닥에서 요검이 뚫고 나왔다.

츄악!

검광이 번뜩였고, 공간이 갈라지는 듯한 착각이 들 정도로 빠른 일 검이 그들의 팔을 가르고 지나갔다.

"크악!"

"크아아악!"

요란한 비명 소리와 함께 네 개의 팔이 그대로 잘려 나갔다.

선욱은 그들의 잘린 팔이 바닥에 채 떨어지기도 전에, 깨진 창을 뚫고 밖으로 몸을 날렸다.

검은 공간 속에 내던져진 선욱이 두 팔과 다리를 활짝 펼쳤다. 그리고는 아래를 내려다보았다.

끼이이이이!

부우웅!

건물 바로 앞 도로변에서 타이어가 끌리는 날카로운 소리와 함께 승용차 한 대가 튀어나가고 있었다.

선욱의 몸이 무서운 속도로 아래로 떨어져 내리기 시작했다. 족히 4, 50미터는 되는 높이였다. 아무리 선욱이 놀라운 능력을 지녔지만 이대로 떨어진다면 무사하기 어려웠다.

선욱이 요검을 뽑아 화염의 기운을 주입했다.

화르르르!

요검에 화검으로 바뀌었다.

선욱이 안색을 굳히더니, 아래를 향해 검을 내리그었다.

츄아악!

요검에서 긴 불줄기와 같은 기운이 아래로 뻗어져 내리더니 바닥을 갈랐다.

번쩍!

섬광이 일어났고, 선욱의 몸이 허공에서 멈칫하더니 바닥에 사뿐히 착지했다.

다음 순간 선욱은 그대로 땅을 박차고 도로로 뛰어나갔다.

텅!

긴 족적 두 개가 바닥에 남았고, 보도블록에는 시커멓게 그슬린 채 길게 파인 자국이 남았다. 그리고 그 자국은 아직도 빨갛게 달아올라 있었다.

선욱은 무서운 속도로 질주했다.

순간적으로 중년 사내가 탄 승용차를 따라잡았지만, 승용차가 속도를 높이자 그 간격이 서서히 벌어지기 시작했다.

선욱의 승용차를 향해 요검을 휘둘렀다.

시뻘건 불길이 요검에서 뻗어 나가 승용차를 갈라 버리려 했다.

그 순간, 승용차가 급격히 방향을 틀었다.

끼이이이이!

귀청이 찢어질 듯한 타이어 끄는 소리가 주변을 흔들었다.

요검에서 뻗어 나간 화염의 기운이 승용차의 지붕 귀퉁이를 스쳤다.

파직!

승용차의 지붕 귀퉁이가 시뻘겋게 변한 채 떨어져 나갔고, 그 사이로 운전석에 앉아 있는 중년 사내의 뒤통수가 보였다.

선욱의 눈이 커졌다.

갑자기 눈앞에 나타난 트럭 때문이었다.

그런데 일반 화물 트럭이 아니다. 휘발유를 잔뜩 실은 유조 트럭이었다.

선욱은 요검에서 뻗어 나간 화염의 기운이 아직 사그라지지 않고 계속 나아가 유조 트럭의 옆면을 할퀴는 것을 보았다.

유조차가 옆으로 넘어진 후 부서져 기름이 새어 나온다고 해도 화재가 일어나는 건 아니다. 그건 영화에서나 나올 이야기다.

하지만 선욱이 발휘한 화염의 기운은 이 세상에서 가장 뜨겁다. 그 뜨거운 기운이 유조 탱크를 스쳤으니 무사할 리가 없다.

선욱은 반사적으로 전력을 다해 강기막을 만들었다.

파스스스스!

요검에서 화염의 기운이 소용돌이쳤고, 그건 선욱의 앞에 벽이 되어 나타났다.

베리어가 발휘된 것이다.

다음 순간, 눈이 멀 듯한 섬광이 눈앞에서 번뜩였다.

천지가 번복하는 듯한 꽝음은 그다음에 들렸다.

쿠앙!

어마어마한 열기를 품은 폭풍이 사방으로 휘몰아쳤다.

선욱은 정신이 아찔할 정도의 충격을 받고 뒤로 튕겨져 날아갔다.

주변 건물의 유리창이란 유리창은 모조리 깨졌고, 삽시간에 대낮처럼 밝아졌다.

화르르르르르!

거대한 불길이 수십 미터 높이까지 치솟으며 시커먼 연기를 뿜어냈다.

선욱은 도로에서 수십 미터나 날아가 나뒹굴었다.

한동안 정신이 없어 몸을 일으키지도 못했다.

내기를 움직여 순환시키자 비로소 정신이 돌아왔다.

선욱이 고개를 들어 보니 끔찍한 지옥도가 펼쳐져 있었다.

반경 수십 미터가 불길에 휩싸여 있었던 것이다.

아스팔트가 지글지글 타올랐고, 주변 가로수나 주차해 둔 차량들도 검은 연기를 내뿜었다.

폭발 지점 바로 옆에 있던 건물 두 채의 외벽에도 불길이 번져 가고 있었다.

선욱의 정신이 확 깼다.

아직 불길이 내부로 번지지 않고 외벽만 태웠고, 사람이 거주하지 않는 사무실 건물이기는 했지만, 누군가 남아서 야근을 하거나 숙직을 하고 있을지 어떻게 알겠는가.

선욱은 급히 건물들을 살폈다.

한 채는 불이 모두 꺼져 있었고, 일 층의 문이 열리더니 경비원들이 뛰쳐나오는 모습이 보였다. 그런데 다른 한 채에는 맨 꼭대기 층에 불이 켜져 있는 게 보였다.

선욱은 전력을 다해 그 건물로 뛰어들었다.

따르르르르릉!

화재 비상벨이 요란하게 울리고 있었고, 경비원이 로비에서 인터폰을 들고 통화를 하고 있었다.

"위층에 불이 켜져 있던데, 혹시 사람이 있습니까?"

경비는 없던 사람이 갑자기 눈앞에 나타나자 기겁할 듯 놀랐다.

"헉! 귀, 귀신……."

"지나가던 행인입니다. 위층에 사람이 있습니까?"

"야근하는 직원 세 명이 있습니다. 지금 연락하고 있는

데, 인터폰을 받지 않습니다."

"비상벨을 들었을 테니 대피하겠죠?"

"그, 그게, 화재 비상벨이 울리면 엘리베이터가 운행을 멈추게 되어 있어 계단으로 내려올 겁니다."

"몇 층입니까?"

"24층입니다."

24층이라면 상당히 높은 건물이다. 계단을 통해 내려온다고 해도 시간이 제법 걸릴 게 분명하다.

"방화벽은요?"

"방화벽도 작동할 겁니다. 그러니 연기가 퍼지지는 않을 겁니다."

선욱이 미간을 찌푸렸다. 불이 내부에서 일어났다면 방화벽 덕분에 사람들은 안전할 것이다. 하지만 외벽을 타고 번지고 있다.

휘발성 물질이 붙어서 난 불이라 쉽게 꺼지지도 않을 것이다.

선욱은 무슨 일이 발생할지 모르니 사람들을 무조건 밖으로 빼내야 한다고 생각했다.

그는 전력을 다해 비상계단을 향해 몸을 날렸다.

경비가 경악한 표정을 지었다.

눈앞에 있던 사람이 갑자기 사라진다면 누구라도 그럴 것이다.

"귀, 귀신이 맞았어……."

그는 다시 인터폰을 들었다.

"여보세요! 여보세요!"

인터폰은 여전히 답이 없었다.

한편 선욱은 무서운 속도로 비상계단을 오르기 시작했다.

타다다다닥!

얼마나 빨리 달리는지 두 다리가 아예 보이지 않을 정도였다.

19층, 20층, 21층…….

마침내.

선욱은 24라는 숫자가 쓰인 계단을 지나 밖으로 나왔다.

길게 뻗어 있어야 할 복도가 중간에 막혀 있었다. 방화문이 내려온 것이다.

선욱이 요검을 뽑아냈다.

비이잉!

화르르르!

화염의 기운이 요검에 더해졌다.

선욱이 철문을 향해 요검을 찔러 넣었다.

파스스스!

요검이 철문을 녹이며 파고들었다.

선욱이 요검을 크게 한 바퀴 돌리자 직경 2미터가량의 둥근 구멍이 생겼다.

선욱이 그 구멍을 통해 안으로 뛰어들었다.

"2409호가……. 저기군."

선욱이 복도 끝에 있는 문을 박차고 들어가며 소리쳤다.

쾅!

"화재벨이 울리는데 도대체 뭘 하고……."

고함을 지르던 선욱이 어처구니가 없다는 표정을 지었다.

사무실에는 술 냄새가 진동을 했고, 회의용 원탁에 술병과 먹다 남은 안주가 뒹굴고 있었다. 그리고 직원 세 사람이 등받이 의자에 기대 잠에 빠져 있었다.

작정을 하고 술을 마셨는지, 아니면 야근을 하다가 가볍게 걸친다는 게 계속 이어졌는지는 알 수 없지만, 그들은 모두 술에 잔뜩 취해 뻗어 있었다.

선욱이 그들을 깨우려 했다.

"이봐! 어서 일어나!"

몸을 흔들고 뺨을 때리기까지 했지만 그들은 일어날 생각을 하지 않았다.

결국 선욱은 그들을 한꺼번에 안아 들었다.

술 냄새가 코를 찔렀지만, 일단 그들을 구하는 게 우선이었다.

선욱은 어른 세 사람을 양팔로 안고 비상계단을 뛰어 내려왔다.

선욱이 1층 로비에 도착하자 매캐한 냄새가 사방에서 풍기기 시작하더니, 건물에 불이 일어났다.

검은 연기가 삽시간에 주변을 뒤덮었고, 선욱은 재빨리 건물을 나갔다.

바깥에서는 수많은 소방차들과 앰뷸런스, 그리고 경찰 차량들이 도착해 있었고, 화재를 진압하느라 정신없는 모습이었다.

선욱은 술에 취한 세 사람을 앰뷸런스 앞에 내려놓았다.

응급대원이 깜짝 놀란 표정으로 선욱에게 다가왔다. 성인 세 사람을 한꺼번에 안고 달려 나오는 것을 보았던 것이다.

"술에 취했을 뿐이니 괜찮을 겁니다."

"환자는 당신이 아닙니까?"

"예?"

"옷이……."

선욱이 자신의 옷을 살폈다. 그을음에 찢어진 곳, 그리고 피가 묻은 곳까지, 옷만 보아서는 멀쩡한 사람이라고 도저히 볼 수 없을 지경이었다.

"전 괜찮습니다."

선욱은 손을 가볍게 휘젓고는 그곳을 떠났다.

"이보세요!"

응급대원이 선욱을 불렀지만, 그는 이미 어둠 속으로 사라진 후였다.

선욱은 건물 귀퉁이로 돌아갔다가 불구경을 나온 행인들 틈으로 숨어들었다. 도망친 자를 쫓아가기는 이미 늦었고, 혹 자신이 도와야 할 일이 있을지 몰라 현장을 떠나지 못했던 것이다.

안타깝게도 목숨을 잃은 사람이 한 명 있었다.

유조 트럭의 운전수였다.

그는 유조 탱크가 폭발하는 바람에 목숨을 잃었다.

그의 시선은 뜯겨져 나온 화물차 앞부분에 갇힌 채 타오르고 있었다. 불길이 워낙 강해 소방관들도 그쪽으로는 접근하지 못했다.

그래도 불에 타 죽는 고통을 겪지는 않았을 것이다. 폭발의 충격에 이미 목숨을 잃었을 테니 말이다.

선욱은 죄스러운 마음을 느꼈다. 이유야 어떻게 되었든, 자신이 발휘한 화염의 기운 때문에 유조 트럭이 폭발해 기사가 목숨을 잃었기 때문이다.

선욱이 어금니를 지그시 깨물었다.

'이놈들! 절대로 가만두지 않겠다.'

선욱은 자신을 향해 무술을 발휘하던 사내들을 떠올렸다.

그리고 그들이 자신을 공격했던 수법을 생각해 보았다.

'언젠가 겪은 적이 있는 수법 같았는데……'

선욱은 떠오를 듯 말 듯 한 기억을 붙잡으려고 노력했다.

그러던 어느 순간, 선욱이 눈빛을 빛냈다.

'그자들이다. 암가! 흑룡편이라는 기물을 얻은 자들!'

선욱이 주먹을 지그시 거머쥐었다.

범인이 그들이라고 가정하니 모든 일들이 딱딱 들어맞았다. 특히 대범종을 얻으려는 목적도 말이다.

'아차! 대범종!'

선욱은 천화사를 향해 미친 듯이 달리기 시작했다.

✠　✠　✠

천화사.

어둠 속에 잠긴 채 조용히 새벽을 기다리고 있다.

휙!

담을 넘어오더니 눈 깜짝할 사이에 지붕을 타고 움직이는 검은 그림자.

결코 인간이라 생각할 수 없는 빠르기와 움직임이다.

검은 그림자가 대웅전 지붕에서 슬그머니 몸을 일으켰다.

놀랍게도 그는 인간이었다. 그것도 양복을 입은 중년인이다.

그는 천화사가 깊은 잠에 빠졌음을 확인한 후, 뒤쪽 깊숙한 곳으로 숨어 들어갔다.

천화사 뒤뜰.

관상수를 비롯해 불교와 관련된 석상들이 서 있는 이곳에 다 무너진 종루 한 채가 있다.

바로 대범종이 있는 곳이다.

천화사의 여러 법당 지붕을 지나온 검은 그림자가 내려앉은 곳도 바로 이 종루 지붕이다.

그는 주변에 아무도 없음을 확인한 후, 대범종 옆으로 내려섰다.

"음!"

그가 나지막한 신음성을 흘리며 대범종의 표면을 만졌다.

이미 수차례 은밀하게 잠입해 대범종을 살펴왔기에, 그에게는 익숙한 느낌이었다.

그는 대범종의 표면에 새겨진 문양들을 보았다.

이미 사진으로 찍어 연구에 연구를 거듭했던 문양이었다.

그와 그가 속한 가문에서는 그동안 대범종의 힘을 얻기 위해 무던히도 노력해 왔다.

하지만 대범종은 꿈쩍도 하지 않았다. 자신의 존재를 드러내지도, 다른 이에게 내어 주지도 않았다.

가문의 최고수인 태상이 찾아와 직접 대범종의 기운을 건드려 보기도 했다. 하지만 요지부동이었다. 오히려 대범종을 건드리려고 했던 태상이 적지 않은 충격을 받고 물러나야 했을 정도다.

그렇다고 해서 대범종을 포기할 그들이 아니었다.

계속해서 연구를 해 왔고, 대범종의 기운을 발현시키고 그걸 얻어낼 수 있는 방법을 얻기 위해 골몰했다.

그 결과, 최근에 이르러서야 소기의 성과가 나왔다.

그게 바로 대범종의 표면에 새겨진 문양이었다.

오랜 시간 동안 수많은 착오를 거쳐 파악한 문양에는 일정한 패턴이 있었고, 그 패턴에서 일그러진 부분을 찾아내는 데 성공한 것이다. 그리고 그 일그러진 패턴이 바로 대범종에 감추어진 비밀을 푸는 열쇠라 여겼다.

하지만 그걸 직접 실험해 보기 위해서는 대범종을 다른 곳으로 옮겨야 했다. 그걸 허락받기 위해 천화사의 총무원장을 포섭하고, 그를 주지 자리에 앉힌 후 대범종의 종루를 복원한다는 핑계로 원하는 지점에 옮겨 갈 생각이었던 것이다.

그런데 그 계획이 강선욱 때문에 모두 어긋나 버렸다.

야행인의 입장에서는 땅을 치고 통탄할 노릇이 아닐 수 없었다.

더구나 강선욱은 대범종이 예사로운 물건이 아니라는 사실을 파악한 게 분명했다. 그러니 대범종의 복원을 추진했던 문화재 복원기업에 직접 찾아왔을 것이다.

'오늘이 지나면 대범종의 기운을 가져올 기회가 두 번 다시 찾아오지 않을지도 모른다. 그자가 대범종의 비밀을 알았으니 그냥 내버려 두지 않겠지. 음!'

그가 아랫입술을 깨물었다.

죽이 되든 밥이 되든 지금 끝내야 했다.

그는 대범종의 표면을 쓰다듬다가 내기를 끌어 올렸다.

우우웅!

수십 년 동안 고심참담하게 수련해 단전에 차곡차곡 쌓여 있던 순수한 기운이 불길처럼 일어나 그의 두 손에 모여들었다.

대범종도 그 기운을 느꼈는지 기이한 기운을 뿜어내기 시작했다.

그건 경고였다. 함부로 건드리는 자는 가만두지 않겠다는 강한 경고가 담긴 그런 기운이었다.

야행인, 아니 암가의 일원인 이염은 포기하지 않았다.

그는 계속해서 기운을 일으킨 채 대범종의 표면을 쓰다

듬어 갔다.

물러나라!

준엄한 호통이 귓가에서 들리는 듯하다.

마지막 경고다. 물러나라!

이번에는 머리가 아찔할 정도로 커다란, 천둥 같은 목소리가 이염의 머릿속에서 울렸다.

천 년이 넘는 세월을 견뎌 온 대범종의 상상도 못 할 크고 깊은 자아가 강력한 경고를 발하며 이염을 밀어내려 했다.

이염이 문양을 계속해서 더듬어 갔다.

내 비밀에 도전하려는 것이구나. 좋다, 어디 한번 해보거라. 대신 대가를 치러야 할 것이다.

대범종의 경고가 계속해서 그의 머리를 울렸지만, 문양을 더듬는 이염의 손은 멈추지 않았다.

이염의 눈빛이 어느 순간 빛났다.

'여기다. 문양이 일그러진 부분. 패턴을 맞춰야 해.'

그는 두 손에 힘을 주어 대범종 표면에 난 홈을 따라 손가락을 그렸다.

그극! 그그그극!

그러자 놀랍게도 표면의 문양이 이염의 손가락이 가는 방향대로 일그러지면서 변화하기 시작했다.

이염의 눈동자에 환희의 빛이 떠올랐다.

번쩍!

대범종에 새겨진 문양들이 일제히 빛을 발했다.

이염은 그 빛에 휩싸인 채 황홀한 표정을 지었다.

나를 얻는 자는 대가를 치르게 될 것이다.

이염의 머릿속에 울리는 대범종의 일갈.

그 대가라는 게 결코 예사로운 것은 아닐 것이다.

그러나 대범종의 기운을 얻는 일인 만큼 그는 자신의 목숨이라도 희생할 각오가 되어 있었다.

대앵!

갑자기 들려온 우렁찬 종소리.

대범종이 스스로 소리를 내는 것인지, 아니면 이염의 머릿속에서만 들려온 소리인지 알 수 없었다.

중요한 건 미증유의 거력이 대범종의 문양을 따라 흐르면서 이염의 몸속으로 흘러 들어오기 시작했다는 사실이었다.

이염은 온몸이 타는 듯한 고통 속에서 주먹을 불끈 쥐고는 눈을 감았다.

이대로 재가 된다 해도 상관이 없었다.

그때, 갑자기 눈앞에서 빛이 갈라졌다.

이염이 눈을 뜨고 살펴보니, 대범종이 두 조각으로 갈라져 있는 게 보였다. 그리고 갈라진 그 사이로 빛의 길이 있었다.

이염은 보이지 않는 손길에 이끌리기라도 하듯 그 사이로 걸어 들어갔다.

우우우웅!

대범종이 마지막으로 긴 울음을 토해 내자, 마침내 밝게 발하던 빛이 사그라졌다.

대범종은 두 조각이 난 채 땅바닥에 양쪽으로 쓰러졌다.

쿠궁!

그나마 위태롭게 남아 있던 종루가 완전히 허물어졌고, 수천 년의 신비를 간직한 대범종은 이렇게 영험함을 잃었다.

획!

그림자가 스치더니 누군가 쓰러진 종루 앞에 나타났다.

'이럴 수가……'

그는 바로 선욱이었다. 혹시나 싶어 달려왔는데, 불행히도 자신의 짐작이 옳았다.

대범종은 두 조각으로 갈라져 쓰러져 있고, 거기에서 느껴지던 신비로운 기운도 흔적도 없이 사라졌다.

'한발 늦고 말았구나.'

선욱이 아쉬움이 가득 담긴 표정으로 쓰러진 종루를 쳐다보았다.

대범종에서 느껴지던 기운은 상상을 초월할 정도로 대단했다. 요검이나 화염의 창이라는 두 개의 기물을 얻은 선욱조차 가슴이 떨릴 정도의 기운이었다.

만약 악한 자가 그 기운을 얻어 세상에 사용하게 된다면 어떻게 될까.

선욱은 상상하는 것만으로도 끔찍했다.

'내가 과연 그를 막을 수 있을까.'

그건 알 수 없는 일이다.

하지만 머지않은 미래에 대범종의 기운을 지닌 자가 반드시 출현하리라고 선욱은 생각했다.

주먹을 지그시 거머쥐는 선욱의 어깨 위로 달빛이 하염없이 쏟아져 내렸다.

6장

선민의 선택

— 형! 잘 지내?

갑자기 걸려온 선민의 전화.

선욱은 반가움이 가득한 목소리로 소리쳤다.

"선민아! 잘 지내고 있냐?"

— 하하하, 당연하지. 내가 보통 사람이야?

"하긴……."

선욱은 선민에게 마나연공법을 전수해 주었을 뿐 아니라, 선무도관의 비전 단약까지 먹였다.

어려서부터 제대로 된 수련을 하지 않았기에 비가의 능력자들에 비할 바는 아니지만, 일반인들에 비하면 선민은 슈퍼맨이나 다름없는 능력을 지니고 있다.

따라서 그는 어디 가서 무슨 일을 하든 남들과 비교하기 힘든 능력을 발휘할 수 있을 것이다.

"그래, 수련은 잘돼 가냐?"

― 형 말대로 새벽에 일찍 일어나서 수련을 해. 여긴 강원도 두메산골이라서 그런지 공기도 좋아. 그래서 기운을 모으는 것도 훨씬 잘되는 것 같아.

"그래, 다행이다."

― 아버지와 엄마는 잘 지내시지? 선영이도.

"물론이지. 나 때문에 조금 고생을 하시긴 했지만 이젠 괜찮아. 모두 제자리를 잡았어."

― 형은…… 괜찮아?

"나야 뭐……."

― 힘내. 이젠 일 년이나 지났잖아.

"그래……. 하하하, 요즘 절에 다닌다."

― 뭐? 절이라고?

"그래, 천화사라는 절인데……."

― 아! 강남에 있는 그 큰 절? 무슨 일이야? 갑자기 불교에 귀의하려고 작정이라도 했어?

"귀의는 무슨! 마음 가라앉히고 수련하는 데 절만큼 좋은 곳이 없더라. 마침 그곳에 있는 스님들도 잘 알아. 그래서 편해."

― 학교는?

"다시 복학해서 다니고 있어. 그런데…… 별 흥미가 없더라."

— 훗! 형 같은 애늙은이에게 학교가 무슨 재미가 있겠어?

"너 이 녀석!"

— 차라리 군대에 와.

"군대는 이미 다녀왔거든!"

— 제대로 말뚝 박으란 말이야. 형 체질에는 특전사가 딱이야. 해병대도 괜찮고.

"후후후, 지금 입대한다고 해도 누가 받아 주기나 한데?"

— 무슨 소리! 형 같은 사람을 어디서 마다해? 약간의 능력만 보여 주면 서로 데려가려고 할 걸?

"글쎄다. 난 별로……."

— 군인으로 사는 것도 괜찮아. 복잡하게 생각할 필요가 없거든? 주어진 임무에 충실하고, 코드에 따라 행동하고 생각하면 돼.

"후후후……."

선욱이 쓴웃음을 흘렸다.

사실 그는 전생의 지욘프리드였을 때 생의 절반을 군인으로 살며 전장을 누볐다.

그리고 아무 생각 없이 오직 검술과 마나에 미쳐 산 끝에 검신의 경지에 올랐다.

하지만 그에게 남은 건 공허함뿐이었다. 강함에 대한 끊임없는 욕심의 결과였다.

어쩌면 지욘프리드가 드래곤에게 도전을 한 건 그런 의미 없고 공허한 생을 그만 끝내고 싶었기 때문인지도 몰랐다.

그런 그에게 또다시 군인이라니.

떽!

"관둬라, 관둬. 그보다 몸조심해라. 요즘 북한의 움직임이 심상치 않은 것 같더라."

— 에이, 걔들이야 늘 그렇지. 그보다 우린 해외로 움직일 것 같아.

"해외라니?"

— 파병 말이야.

"설마……."

— 우리 특전사에도 지원자 신청을 받고 있어.

"그래서 신청하려는 거냐?"

— 응. 그러려구…….

"파병지가 어디야?"

— 아프가니스탄.

선욱이 미간을 찌푸렸다.

그렇지 않아도 요즘 뉴스만 틀면 나오는 곳이다.

이슬람 근본주의자들이 다시 득세를 했고, 끊임없는 자살테러와 암살이 끊이지 않는 곳.

선욱은 동생이 그곳으로 파병을 갈지도 모른다고 생각하니 불안해졌다.

"꼭 가야겠니?"

— 응, 내겐 좋은 기회야.

"음! 내게 전화한 이유가 있었구나."

— 부탁해, 형.

"알았다. 아버지와 어머니께는 내가 잘 말씀드릴 테니 넌 조심해서 다녀와야 한다."

— 걱정 마. 내가 누구야? 형의 동생이야. 요즘은 총알이 날아오는 방향도 어느 정도 예측할 수 있다니까.

"그것 믿고 함부로 나대는 건 아니겠지?"

— 물론이야. 그냥 그렇단 말이야. 나도 총 무서운 줄은 잘 알거든?

"그래, 그럼 다행이다. 한데 파병일이 언제냐?"

— 국회 동의를 얻는 대로 바로.

"음. 그렇지 않아도 파병안 통과 문제로 국회가 시끄럽긴 하더라."

— 젠장, 정치인들은 왜 이런 일 가지고 싸우는지 몰라. 파병을 가서 우리가 활약할수록 국제 사회에서 대한민국의 발언권이 강해지는데. 그리고 우리 대한민국 군인의

강함을 보여 줘야 일본이나 중국 애들이 함부로 건드릴 생각을 못 하지.

"어쨌든 알았으니, 파병 떠나기 전에 부모님께 직접 전화드려라."

— 아마 그전에 휴가 한 번 나갈 거야.

"그래? 알았다. 그럼 그때 보도록 하자."

— 그럼…… 충! 성!

"후후후, 그래. 나도 충성이다."

전화를 끊은 후, 선욱은 저도 모르게 희미한 미소를 지었다. 그러고 보니 선민이 군대에 간 지 일 년이 넘었다. 이제 상병을 달았을 테고, 고참으로서 한창 활약을 할 때다.

'전에 휴가 나왔을 때 보니까 정말 많이 여문 것 같더니……. 후후후, 그 녀석도 이제 사내가 되었어.'

선욱이 고개를 절레절레 흔들었다.

하지만 이내 걱정스럽다는 표정을 지었다.

아프가니스탄처럼 위험한 국가에 파병을 된다니, 혹 있을지 모를 불행한 사태가 염려스러웠다.

'이럴 줄 알았으면 그 녀석에게 좀 더 가르쳐 주는 건데…….'

아무리 마나를 배웠다고 해도 총알이 난무하는 전쟁터에서는 위험하다.

보통 사람들에 비하면 살아남을 확률이 훨씬 높기는 하겠지만, 아차 하는 순간에 목숨을 잃을 수 있다.

그리고 그런 일이 선민에게 일어나지 말라는 보장은 어디에도 없었다.

'잘해 나가야 할 텐데……'

그때, 동생 선영의 목소리가 들렸다.

"오빠! 아침 먹어!"

"그래."

선욱은 방을 나가 식탁으로 갔다.

아버지는 식탁에 이미 앉아 수저를 들고 계셨고, 어머니도 찌개를 식탁에 내려놓은 후 막 자리에 앉으셨다.

"선욱아, 어서 먹어라."

"예, 어머니."

후루룩! 쩝쩝!

가족들 모두 맛있는 아침밥을 먹었다.

선욱은 선민에 대한 이야기를 꺼내려다가 아침부터 부모님들에게 걱정을 끼쳐 드리기 싫어 저녁에 말씀드리기로 하고 참았다.

식사가 끝난 후, 아버지와 선영과 함께 집을 나섰다.

밖으로 나오자 주차장에 밴 한 대가 기다리고 있었다.

선영을 태우러 온 기획사의 밴이었다.

매니저가 운전석에서 내리더니 선욱 아버지에게 인사를

했다.

"아버님!"

"아! 좋은 아침입니다. 오늘도 선영이 잘 부탁합니다."

"하하, 걱정 마십시오, 아버님. 조만간 선영이가 큰 거 한 방 터뜨리면 돈 보따리 싸 가지고 들어갈 겁니다. 하하하."

"돈 보따리는 무슨. 그냥 몸 상하지 않고, 하고 싶은 일할 수 있도록만 해 주세요."

"예, 아버님."

선영이 아버지와 선욱에게 인사를 한 후, 밴에 올랐다.

밴이 먼저 떠났고, 선욱과 아버지는 물끄러미 그 광경을 쳐다보았다.

"선영이 잘할 겁니다. 걱정 마십시오, 아버지."

"그래. 허허허, 이 모든 게, 장남 네 덕택이다."

"아버님도 참……."

"요즘 우리 가게도 매상이 조금씩 오르고 있어. 청결과 친절에 특히 신경을 많이 썼더니 조금씩 성과가 나오는 것 같아."

"그래요? 다행입니다."

"네 어머니가 고생이 많았다."

"아버지도 고생하신 거 다 알아요."

"허허허, 녀석. 그럼 난 이만 가 보마. 넌 학교 가야지?"

"예, 그럼 다녀오겠습니다."

"그래."

선욱이 지하철을 타기 위해 먼저 걸음을 옮겼다.

선욱의 아버지는 그런 아들의 뒷모습을 흐뭇한 표정으로 쳐다보다가 차에 올랐다.

✠　　✠　　✠

학교 수업을 마친 선욱은 선무도관을 찾아갔다.

"안녕하세요, 현경 씨."

선무도관의 문을 열고 들어가며 카운터에 앉아 있는 조현경에게 인사를 했다.

조현경도 반가운 표정으로 선욱을 맞았다.

"아, 선욱 씨. 잘 지내셨어요? 오랜만이네요."

"예……."

"학교는 잘 다니세요?"

"그럭저럭 다닙니다. 어르신은 안에 계십니까?"

"네, 올라가 보세요."

선욱이 계단을 따라 위로 올라가는 모습을 보고 조현경은 안타깝다는 표정을 지었다.

그의 모습을 보고 있자면, 왠지 목적을 잃은 채 그냥 되는대로 사는 것처럼 느껴졌기 때문이다.

'빨리 중심을 찾아야 할 텐데…….'

그녀의 걱정을 뒤로한 채 선욱은 선무도관 3층으로 올라가 조종학을 만났다.

"어르신, 안녕하셨습니까?"

"오! 강 군. 이게 얼마 만인가! 잘 지냈나?"

"예, 어르신도 별래무양하셨습니까?"

"허허허, 나야 늘 그렇지. 한데 가족들은 어떠신가?"

"무탈하십니다. 고맙습니다."

"무탈하시다니 다행이군. 한데, 강 군은 요즘 어떻게 지내나?"

"다시 복학해서 열심히 학교 다니고 있습니다. 그리고 요즘은 절에 다닙니다."

"천화사에 계속 나가는 모양이군."

"예."

"영암 스님께서도 잘 계시는가?"

"여전하십니다."

"음! 그 일이 있은 지도 벌써 일 년 가까이가 흘렀군."

"아직 아무 소식이 없습니까?"

"백방으로 알아보고는 있지만 종적을 찾을 수가 없네. 그렇지 않아도 은신술의 대가들이라 그런지 작정을 하고 숨고 나니 찾기가 쉽지 않군."

"무슨 일이 있어도 대범종의 기운을 얻은 자가 누군지 확인해야 합니다."

"잘 알고 있네. 자네 말처럼 대범종이 그렇게 강한 기운을 품고 있다면, 그 기운을 얻은 자는 실로 대단한 능력을 지니지 않겠나."

"대범종의 기운을 얻기 위해 그자가 벌인 일을 생각해 본다면 걱정이 되지 않을 수 없습니다. 분명히 올바른 일에 힘을 사용할 자는 아닐 겁니다."

"원래 암가의 인물들이 은밀히 움직이고, 또 나서기를 싫어하지만, 지금까지 경우에 어긋난 짓을 한 적은 거의 없었네. 한데, 그처럼 극악무도한 짓을 저질렀다니……. 정말 믿기 어렵군."

"저쪽은 어떻습니까?"

"저쪽이라면…… 중국의 무예가문들 말인가?"

"그렇습니다."

"진가는 봉문은 선언하고 조용히 칩거하고 있다네. 아마 칼을 갈고 있겠지. 그리고 남궁가가 요즘 중국을 쥐락펴락하고 있다네."

"그렇겠군요."

어렵지 않게 짐작할 수 있는 일이다. 남궁가에는 기물을 소유한 고수가 두 사람이나 있으니, 어떤 가문도 그들에게 대적하지 못할 것이다.

그러니 그들의 세상이 될 수밖에.

"한데, 자네는…… 요즘 어떻게 지내나?"

"말씀드렸다시피 저야 뭐……."

"그런 이야기 말고, 앞으로 어떻게 살 건가?"

"……."

"장래 계획은 없는가?"

"아직 생각해 둔 바가 없습니다."

"곧 4학년이 되고, 또 졸업을 할 텐데, 진로를 정해야 하지 않겠나?"

"진로라……. 글쎄요. 그냥 천화사 선방에 몸을 의탁할까요?"

"예끼! 앞날이 구만리 같은 자네에게 웬 선방이란 말인가. 그런 말은 하지도 말게."

"선방에 조용히 앉아 참선을 하며 사는 것도 그렇게 나쁘지는 않습니다."

"자네……. 스님 다 됐군."

"영암 스님께서도 제가 불가와 인연이 있다고 하셨습니다."

"쯧쯧쯧, 정 출가하고 싶으면 인생의 단맛, 쓴맛 다 보고 난 후 늘그막에 들어가도록 하게."

선욱이 쓴웃음을 웃었다.

조종학은 그런 선욱의 표정으로 보고는 알 수 없다는 표정을 지었다.

선욱을 만날 때마다 느꼈지만, 그의 마음속에는 능구렁이가 열 마리는 들어 있는 것 같았다. 그리고 때로는 인생을 다 산 듯한 노인의 표정을 지을 때도 있었다.

'도대체 저 속에는 뭐가 들어 있는지 모르겠군.'

조종학이 고개를 절레절레 흔들었다.

선욱이 자리에서 일어났다.

"그만 가 보겠습니다."

"벌써 가려고? 저녁 식사라도 하고 가지 그러나?"

"천화사에 가서 두어 시간 참선이라도 하고 집에 들어가렵니다."

"음. 참선을 하면 마음이 좀 가라앉는가?"

"일단…… 모든 걸 깨끗이 잊을 수 있어 좋습니다."

"허허허, 그렇다면 다행이군. 스님들조차 어려워한다는 참선을 젊은 자네가 좋아하다니…… 별일은 별일일세."

"그럼!"

선욱이 그에게 인사를 한 후, 선무도관을 나섰다.

그는 곧바로 지하철을 타고 천화사로 향했다.

1시간가량 지하철을 타고 가자 마침내 천화사에서 가장 가까운 지하철역에 내릴 수 있었다.

지하철역에서 천화사까지는 걸어서 10분가량 걸린다.

선욱은 긴 담을 끼고 천천히 걸음을 옮긴 끝에 천화사에 도착할 수 있었다.

절에 들어가자, 지나가는 스님들이 선욱에게 합장을 하며 인사를 했다.

선욱도 그들에게 합장을 했다.

천화사에서 선욱을 모르는 스님은 없었고, 스님들은 그를 영암 큰스님이 아끼는 속가제자쯤으로 알고 있었다.

선욱은 우선 영암 큰스님의 선방을 찾았다.

"스님, 선욱입니다."

"그래, 들어오너라."

언제부터인가 영암 큰스님은 정말 선욱을 제자처럼 대했다. 그리고 선욱도 거기에 대해 아무 불만을 가지지 않았다.

지온프리드로서의 전생 경험을 가지고 있는 선욱이었지만, 영암 큰스님은 자신의 스승이 되기에 부족함이 없는 인물이라 판단했기 때문이다.

선욱이 들어와서 앉자 영암 큰스님이 물었다.

"그래, 생각을 좀 해 보았느냐?"

"예, 하지만 아직 모르겠습니다. 이 세상에서 가장 큰 게 벼룩의 마음이라는 게 도대체 무슨 뜻입니까?"

"내가 네게 물은 것을 내게 다시 질문을 하면 어찌하느냐?"

"제가 잘 몰라서……."

"급할 것 없다. 마음속에 의문을 갖고 있으면 언젠가 이거다 싶은 때가 올 것이다."

"휴. 알겠습니다, 스님. 그럼 선방으로 들어가겠습니다."

영암 큰스님이 고개를 끄덕이더니 다시 가부좌를 하고 눈을 감았다.

선욱은 그의 방을 조용히 나와 선방으로 향했다.

자신의 선방에 들어간 선욱은 방 한가운데서 가부좌를 하고 앉은 후, 눈을 감았다.

✠ ✠ ✠

"선민아!"

선욱은 특전사 특유의 군복과 모자를 쓰고 고속버스에서 내리는 선민을 향해 반갑게 손을 흔들었다.

"형!"

선민이 선욱을 보더니 다가와 손을 잡았다.

두 사람은 잠시 서로를 쳐다보더니 와락 껴안았다.

선욱은 선민의 몸이 돌덩어리처럼 단단하다는 사실을 알고 놀랐다.

'이 녀석 몸이 장난이 아닌데?'

선민이 크게 웃었다.

"하하하, 오랜만에 형 모습 보니까 좋다."

"녀석, 군대 짬밥이 몸에 좋긴 좋은 모양이다. 이렇게 건강해진 걸 보니."

"그건 짬밥 덕분이 아냐. 내가 열심히 수련하고 훈련받은 결과라구."

"후후후. 그래. 알았다."

선민이 주위를 두리번거리더니 말했다.

"가만! 그런데 막내는 어딨어?"

"촬영이 조금 늦어진데. 도착할 때가 됐는데……. 아, 저기 온다. 선영아!"

고속버스 터미널 저쪽에서 늘씬한 미녀 한 명이 뛰어오고 있었다.

주위에 있는 남성들의 시선을 모두 사로잡을 정도로 뛰어난 몸매와 얼굴을 지닌 미인이었다.

그녀가 선욱과 선민에게 뛰어오더니 갑자기 선민에게 와락 안겼다.

"둘째 오빠!"

"우하하하! 이 녀석! 이렇게 예뻐지다니……."

선민이 선영을 번쩍 안아 들고 한 바퀴 돈 후, 바닥에 내려놓았다.

"우리 작은오빠 아주 늠름해졌네."

"넌 아주 예뻐졌다. 방송국 물이 다르긴 다른가 보네."

"나 원래 예뻤거든?"

"후후후, 녀석! 어서 집에 가자. 어머니 기다리시겠다."

"응, 빨리 가."

세 사람이 나란히 서서 팔짱을 낀 채 고속버스 터미널

을 나왔다.

그때, 사람들이 수군거렸다.

"요즘 잘나가는 가수 강선영 씨 아냐?"

"아! 맞다. 강선영 씨야!"

"싸인받자. 인증샷도……."

사람들이 우르르 몰려들기 시작했다.

선영은 사람들이 몰려오자 걸음을 더욱 빨리했다.

"어서 뛰엇!"

세 사람은 급히 달려서 도로변으로 갔다. 그곳에는 선영이 타고 온 밴이 주차되어 있었다.

급히 밴 뒷좌석에 오른 후, 선영이 소리쳤다.

"매니저 오빠! 출발해!"

"오케이!"

운전석에 있던 매니저가 곧바로 차를 출발시켰다.

세 사람을 태운 밴은 사람들의 원망 어린 시선을 받으며 도로를 질주했다.

선민은 눈을 휘둥그레 뜨고는 차 내부를 살폈다.

"히야! 이게 말로만 듣던 연예인 밴이야?"

"어때? 편하지?"

"그래, 거실 소파에 앉아 있는 느낌이다. 우리 선영이 출세했네. 이런 차도 다 타고 다니고. 하긴, 요즘 우리 부대 내무반에 네 포스터가 종종 보이긴 하더라."

"그래? 내가 오빠 부대에 위문공연 한번 갈까?"

"아서라! 네가 내 여동생인 거 숨기는 것만도 골치가 아파 죽겠다."

"왜 숨겨?"

"아니면 소개시켜 달라고 고참들부터 들들 볶을 텐데 어떻게 견디라고?"

"호호호, 하긴!"

"그런데 너 왜 이렇게 예뻐졌냐? 혹시 얼굴 뜯어고친 거 아냐?"

"고치긴! 아직은 손댈 곳 없어. 나이가 좀 들면 몰라도. 그렇지, 매니저 오빠?"

운전석에 있는 매니저가 한탄을 했다.

"선영이 오빠님들. 제발 선영이 설득해서 코만 좀 고치도록 해 주세요. 그럼 선영인 완벽합니다."

"싫어! 멀쩡한 코를 왜 고쳐?"

"어휴, 선영아! 요즘 한창 뜨고 있는 지혜, 지수 걔들 얼굴에 들인 돈만 얼만 줄 아니? 걔들은 원판 수정까지 했다구!"

"그래도 싫어. 난 이 얼굴에 만족해. 나중에 피부 처지면 보톡스나 좀 맞지, 뭐."

매니저가 한숨을 내쉬었다.

"오빠님들. 선영이가 글쎄 저렇다니까요! 연예계 인기

가 몇 년이나 갈 것 같다고 저러는지 모르겠어요."

"걱정 마요. 난 길게 갈 테니까."

"쳇! 그래, 알았다. 네 고집을 누가 꺾어?"

선욱과 선민은 매니저와 티격태격하는 선영의 모습을 보며 미소를 지었다.

그녀가 확실히 연예인이 되었다는 사실을 실감할 수 있었기 때문이다.

마침내 밴이 선욱의 집 앞에 도착했다.

"매니저 오빠, 오빠도 들어가서 같이 식사해."

"아냐. 난 갈 곳이 있어. 잘하면 대박 터뜨릴지 모를 계약이란 말이야."

"그래? 알았어. 그럼 내일 봐."

"그래, 수고. 오빠님들도 다음에 봬요."

"예, 매니저님. 조심해서 가십시오."

매니저는 선욱 등과 작별을 고한 후, 곧바로 차를 몰고 어디론가 사라졌다.

"저 사람 괜찮군."

선민이 떠나는 밴의 뒷모습을 보며 중얼거렸다.

선영이 엄지손가락을 치켜세웠다.

"다른 건 몰라도 매니저만큼은 내가 제일 잘 만난 것 같아. 자상하고, 능력도 있고, 마음도 잘 헤아려 주고……."

"후후, 너 그러다가 매니저 오빠가 아빠 되는 거 아냐?"

"뭐? 말도 안 되는 소릴……."

그녀가 선민을 타박하면서 얼굴을 붉혔다.

선욱은 선영의 그런 표정을 보고 이채를 띠었다.

✠　　✠　　✠

"험험!"

선민이 어색한 표정으로 헛기침을 했다.

오랜만에 가족들과 둘러앉은 식탁.

유쾌하고 즐거워야 할 분위기가 착 가라앉아 있다.

선영은 눈동자를 이리저리 굴리면서 부모님과 선민의 얼굴을 번갈아 가며 쳐다보았다.

선민은 마치 죄인이라도 된 듯 고개를 숙였고, 부모님들은 그런 선민을 복잡한 감정이 섞인 눈빛으로 쳐다보고 있었다.

선민이 곁에 앉아 있는 선욱의 옆구리를 쿡 찔렀다.

어떻게 해 보라는 뜻이었다.

선욱이 헛기침을 한 차례 하더니 입을 열었다.

"험험. 오랜만에 선민이가 휴가도 나왔는데, 어서 식사하시죠. 배가 많이 고플 겁니다."

비로소 아버지가 수저를 들었다.

"음. 그래, 어서 먹자."

그때, 어머니가 나섰다.

"지금 밥이 문제예요?"

어머니의 한마디에 분위기는 다시 얼어붙었다.

"도대체 정신이 있는 거니? 가라고 등 떠밀어도 버텨야지, 왜 먼저 간다고 나서?"

선민이 선욱을 향해 어떻게 된 거냐고 눈짓을 했다.

선욱이 쓴 입맛을 다시며 고개를 절레절레 흔들었다.

사실 선욱이 선민의 파병 문제에 대해 부모님들께 이야기했을 때, 처음에는 펄펄 뛰었다. 당장 부대로 찾아가겠다는 아버지와 어머니를 말리느라 진땀을 흘렸을 정도로 말이다.

그나마 선욱이 많은 이야기를 하고 설득을 해서 어느 정도 부모님의 마음을 가라앉혀 놓았기에 망정이지 그렇지 않았다면 선민이 집에 들어오는 순간부터 난리가 났을 것이다.

선민은 고개만 푹 숙인 채 어머니의 꾸지람을 한참 동안 들었다.

결국 어머니는 자리에서 일어나더니 방으로 향했다.

"어휴! 내가 못 살아!"

"어, 엄마!"

"엄마라고 부르지도 마라, 이놈아!"

방문을 쾅 하고 닫고 들어가고 나자 아버지가 한숨을

내쉬며 말했다.

"휴! 네 어머니 이해하라. 자식이 전쟁터에 가겠다는데 어떤 부모가 저러지 않겠냐?"

"예……."

"그런데 선민아, 꼭 가야겠어?"

"예, 꼭 가고 싶습니다."

"허! 나라를 위해 싸우겠다는데 말릴 수만도 없고……. 정말 이런 고민을 할 줄은 몰랐구나."

"아버지, 너무 걱정 마십시오. 정말 무사히 다녀올 자신 있습니다."

"총알이 사람 가려 가면서 날아온다더냐?"

"저는 가릴 걸요?"

"뭐?"

"헤헤헤, 말이 그렇다는 겁니다. 그리고 이 아들, 이제 다 컸습니다."

"내 눈엔 아직 애로 보인다."

"그야, 아버지시니까……."

"어쨌든 휴가 기간 동안 네 어머니 잘 달래 보거라."

"예, 아버지. 엄마는 제게 맡겨 두세요."

"녀석! 어서 밥이나 먹자."

아버지가 수저를 들자 가족들 모두 음식을 먹기 시작했다.

"히야! 정말 맛있네요! 역시 우리 엄마 된장국 끓이는 솜씨는 알아줘야 한다니까! 최고야, 최고!"

선민은 방 안에 있는 어머니가 들으라는 듯 일부러 고
함을 질렀다.

"시끄럽다, 이 녀석아!"

고함 소리가 어머니의 방에서 터져 나왔다.

선민이 자라목을 하더니 조용히 밥을 먹기 시작했다.

마침내 식사를 마친 후, 선민은 큰방으로 들어갔다.

어머니는 침대에 누운 채 등을 돌리고 있었다.

선민이 어머니의 곁에 누워서 억지로 등을 껴안았다.

"엄마!"

"저리 안 가?"

"에이, 엄마!"

"어휴! 이 녀석이 정말! 애도 아니고……."

"헤헤헤, 엄마 앞에서야 언제나 애지, 뭐."

"징그럽다, 이 녀석아. 썩 나가!"

"난 엄마 품이 제일 좋더라."

"선민아."

"응?"

"너, 정말 가야 해?"

"어차피 우리 소대는 가게 될 거야. 그전에 미리 신청
한 거야."

"휴!"

어머니가 깊은 한숨을 내쉬었다.

"너무 걱정하지 마. 난 무사히 돌아올 거야."

"정말이지?"

"그래, 약속할 수 있어."

"네가 잘못되면 엄만 더 이상 세상 못 산다. 알지?"

"응, 알아."

"이리 와라, 내 새끼."

어머니가 선민을 꼭 끌어안았다.

이제 어머니보다 훨씬 큰 선민이었지만, 아기처럼 몸을 둥글게 만 채 어머니의 품에 안겼다.

방문 밖에서 귀를 기울이고 있던 선욱과 선영이 그제야 안도의 한숨을 내쉬었다.

"휴. 다행이다."

"어머니가 마음을 푸신 모양이야."

"근데, 큰오빠. 작은오빠 꼭 파병 가야 해?"

"본인의 선택이기도 하고, 나라의 부름이기도 하니 꼭 가야지. 왜?"

"사실 좀 걱정이 되기도 해. 나도 그런데 엄마와 아빠 어떻겠어?"

"그 녀석은 괜찮을 거다."

"하긴, 작은오빠도 보통 사람이 아니니……."

그녀가 의미심장한 미소를 지었다.

선영도 선욱이 특별한 능력을 지니고 있다는 사실, 그리고 선민도 그런 능력을 선욱으로부터 배웠다는 걸 알고 있었던 것이다.

✠　　✠　　✠

　선욱은 휴가가 끝난 선민과 함께 부대 앞까지 버스를 타고 갔다.

　원래는 서울에서 작별을 할 생각이었지만, 선민으로부터 다소 충격적인 이야기를 들은 후 그와 동행을 하게 된 것이다.

　― 형! 나 알파 팀으로 차출되었어.

　― 알파 팀? 특전사 내에 그런 팀이 따로 있냐?

　― 특전사 내에 속한 팀이 아니야. 알파 팀은…… 대테러 진압 부대야.

　― 뭐?

　― 특전사, 공수부대, 해병대 등 각 특수부대 대원들 중 상위 1%만 모아서 만든 부대야.

　― 그, 그럼 너도…….

　― 부모님과 선영에게는 알리지 마. 형만 알고 있어.

　― 선민아!

— 알파 팀은 일반 특수부대와 달라. 작전권도 합참의 장님께 있어.

— 그럼 이번 파병은 어떻게 된 거야?

— 파병은 정상적으로 이루어져. 단, 우리가 그곳에 가서 맡을 임무가 다를 뿐이야.

— 도대체 무슨 임무야?

— 뭐, 영화에서 보면 자주 나오잖아. 미군 특수부대가 적진에 들어가서 아군을 구출하거나 요인을 암살하기도 하고…… 뭐, 그런 임무야.

— 엄청나게 위험하다는 말로 들리는군.

— 위험하겠지. 하지만 보람도 커. 특전사 대원이라면 누구나 원하는 그런 곳이야.

— …….

— 형은 이해해 줄 수 있지?

— 휴! 그래. 네가 원하는 길, 네가 알아서 가. 이제 조심하라는 말 따위는 아무 소용없겠지?

— 마음속으로 응원해 줘.

— 응원이 아니라 기도라도 해야겠다.

— 후후, 그래도 되고. 어쨌든 난 살아남을 자신 있어. 그리고 잘해 낼 거야.

— 너…… 사람 쏴 본 적 있어?

— 살아 있는 사람을 쏜 적은 없어. 하지만 시체를 향

해서는 많이 쏴 봤어. 동물이나.

— 총알이 빗발치는 상황에 놓이게 되면 눈이 돌아가게 되지. 겁이 없어지고 용감해질 수는 있겠지만, 그건 결코 현명한 행동이 아니야. 오히려 약간은 두려움을 갖는 게 좋다. 그리고 항상 침착하게 생각을 해. 생각을 멈추는 순간 죽는 거다.

— 홋! 형은 꼭 전쟁에 나갔다 온 사람처럼 말하네?

— 농담 아냐. 내 말 새겨들어!

— 음! 하긴, 형은 강호에서 칼을 맞대고 싸워 봤을 테니 알겠군.

— 뭐? 강호?

— 무협소설에서 말하는 강호 말이야.

— 홋! 녀석…… 어쨌든 사려 깊게 행동해라. 살고 싶으면.

— 알았어. 잘할 자신 있어.

— 그래, 너를 믿는다.

선민의 휴가가 끝나기 전날 선욱의 방에서 조용히 나눈 대화였다.

때문에 선욱은 버스를 함께 타고 부대 앞까지 배웅을 나오게 되었던 것이다.

구릿빛 피부에 살아 있는 눈빛이 유달리 반짝이는 동생

의 모습을 보며 선욱은 희미한 미소를 지었다.

"형, 그럼 나 들어간다."

"시간 나면 틈틈이 연락해. 특히 어머니께는 꼭 연락해야 한다."

"그래, 알았어. 그럼, 충성!"

"그래, 충성!"

선욱이 동생의 거수경례를 같은 식으로 받았다.

두 사람은 서로를 잠시 쳐다보다가 누가 먼저라 할 것도 없이 와락 껴안았다.

툭툭!

선욱이 동생의 등을 두드려 주었다.

곧이어 다시 떨어진 후, 선민은 형을 향해 씩 웃더니 부대 안으로 들어갔다.

선욱은 동생의 모습이 위병소 너머로 사라질 때까지 뚫어져라 쳐다보았다.

"휴!"

깊은 한숨을 내쉰 선욱은 아쉬움을 뒤로한 채 천천히 등을 돌렸다. 동생의 안전을 기원하면서.

7장

무궁화부대

아프가니스탄 파병안은 선민이 휴가를 마치고 부대로 복귀한 직후 국회에서 가결되었다.

그러자 파병은 신속하게 진행되었다.

대한민국 특전사와 공수부대가 망라된 맹호부대 150여 명의 장병들은 그로부터 일주일 후, 아프가니스탄으로 향하는 군용기에 몸을 실었다.

그리고 그들 중 선민이 있었다.

오랜 시간을 불편한 자리에 앉아 버텨야 했지만, 거기에 대해 불평불만을 늘어놓는 군인은 아무도 없었다.

우우우우웅!

시끄러운 비행기 엔진 소리를 듣기를 대여섯 시간, 비

행기는 중간 기착점에 착륙했다.

그곳에서 재급유를 한 후 비행기는 다시 떠올랐고, 다시 서너 시간을 더 날아간 끝에 목적지인 아프가니스탄 주둔 미군 비행장에 착륙했다.

그곳에서 다시 군용 트럭을 타고 다섯 시간을 이동해야 했다.

누런 먼지가 풀풀 날리는 비포장도로를 트럭을 타고 가는 건 무척 힘들었다.

강한 훈련으로 체력과 정신력이 남다른 특수부대 출신의 대원들조차 힘들어할 정도이니 일반인들 같으면 벌써 병원에 입원을 했을 것이다.

선민의 곁에는 자그마한 키에 호리호리한 체격을 지닌 청년이 앉아 있었다.

기무열이라는, 다소 특이한 이름을 지녔는데, 그는 공수부대 출신으로 선민과 함께 알파 팀에 합류한 병사였다.

알파 팀이 만들어진 건 한 달 전이었고, 따라서 지금은 팀원들 간에 신뢰가 어느 정도 형성된 상태였다.

기무열 상병이 기지개를 켜며 목을 이리저리 돌렸다.

그의 목에서 우두둑거리는 소리가 들렸다.

"젠장, 도대체 얼마나 더 가야 하는 거야? 그런데 이 녀석은 정말……."

그가 선욱을 노려보면서 고개를 절레절레 흔들었다.

선민은 그의 옆에서 허리를 꼿꼿이 세운 채 조용히 눈을 감고 있었는데, 지금까지 저 자세를 흐트린 것은 비행기에서 내려 트럭으로 이동할 때뿐이었다.

"야야! 그냥 내버려 둬라. 저런 모습 한두 번 보냐?"

"박 병장님, 이 녀석에 대한 소문 들으셨습니까?"

박 병장이라 불린 병사가 피식 웃더니 말했다.

"소문? 큭큭, 우리들 중에 특별한 소문 한두 개 달고 다니지 않는 놈 누가 있냐? 안 그래? 예전 소속 부대에 가면 다들 전설로 통했잖아!"

그의 목소리에는 은은한 자부심이 깃들어 있었다.

그리고 모두들 고개를 끄덕이며 동의한다는 기색을 보였다.

특수부대들 중에서 최고의 병사들만 추려 알파 팀을 만들었으니, 그 대원들의 자부심이 남다를 수밖에 없을 것이다.

기무열 상병이 다시 말했다.

"사실, 며칠 전에 인사계님이 대대장님과 통화하는 내용을 슬쩍 들었습니다만…… 에이! 관두죠. 괜히 이야기했다가 위화감만 생길라…….."

다른 병사들이 그를 채근했다.

"야! 그럴 거면 말을 꺼내질 말던지! 빨리 말해 봐."

"어서 해. 궁금하잖아!"

기무열 상병이 주변을 둘러보는 시늉을 하더니 낮은 목소리로 말했다.

"우리들이 알파 팀에 지원하고 훈련과 각종 테스트를 받지 않았습니까? 그런데 그 테스트에서 누가 1등을 했는지 궁금하지 않습니까?"

"그걸 알아냈단 말이야?"

"물론입니다. 인사계님이 낮은 목소리로 통화를 했지만 제가 귀를 쫑긋 세우고 들었죠."

"그래서 누구야? 누가 1등이야?"

기무열 상병이 헛기침을 하더니 선민을 향해 턱짓을 했다.

모두들 눈을 크게 떴다.

"뭐? 사실이야?"

"저 녀석이 1등이라고?"

기무열 상병이 손을 휘휘 저어 조용히 시키더니 다시 말했다.

"그것도 그냥 1등이 아닙니다. 모든 테스트에서 최적합 판정을 받았답니다."

모두들 믿을 수 없다는 표정을 지었다.

모든 테스트 최적합이라는 말은 100점 만점에 100점을 받았다는 말과 동일했다.

지금까지 수많은 병사가 그 테스트를 받았지만, 전 종

목 최적합 판정을 받은 병사는 단 한 명도 없었다.

그러니 선민은 대한민국 국군 역사상 최초로 만점을 받은 사람이라는 뜻이었다.

"저 녀석 대단한데?"

"모든 면에서 빠릿빠릿하게 움직이더니 역시 대단한 놈이네."

"야, 강 상병!"

선민이 눈을 번쩍 떴다.

"상병 강선민!"

"너도 들었지."

"들었습니다."

"그런데 조용히 자는 척만 해?"

"그럼 일어나서 노래라도 부를까요?"

"옳거니! 말 한번 잘했다. 안 그래도 심심했는데 노래나 한번 들어 보자. 노래 일 발 장전!"

"상병 강선민. 노래 일 발 장전 완료!"

"발사!"

부동자세로 앉아 있던 선민이 갑자기 눈을 슬쩍 감고는 가수 흉내를 내며 노래를 부르기 시작했다.

"나는 알아요. 그대가 나를 얼마나 사랑하는지……. 오늘밤에 나를 찾아와요. 나 그대 기다리며……."

선민의 목소리는 감미로웠다. 원래 가족들 모두 노래를

잘했었다. 선영이 가수가 된 게 우연이 아니라는 말이다.

선욱이나 선민도 체계적인 훈련을 받았으면 충분히 가수로 성공할 수 있었을 정도로 노래를 잘 불렀다.

함께 타고 있던 팀원들 모두 금방 그의 노래에 빠져들었다.

"……영원히 그대를 사랑할 거예요……."

마지막 소절이 끝나자 한동안 침묵이 감돌았다.

모두들 눈을 감고 뭔가 상상하는 표정을 짓고 있었다. 아직 노래의 여운이 가시지 않은 것이다.

그때, 기무열 상병이 벌떡 일어나더니 박수를 치기 시작했다.

짝짝짝짝!

"이야, 노래 잘한다! 그거 요즘 한창 유행하고 있는 선영의 '사랑하는 당신' 아냐?"

다른 병사들도 그제야 정신을 차리고 맞장구를 쳤다.

"그래, 맞아. 사랑하는 당신이야."

"캬! 요즘 선영이 걔 너무 괜찮더라. 풋풋함이 살아 있어."

"너, 노래는 언제 그렇게 배웠냐? 어지간한 가수 뺨치겠는데?"

선민이 씩 웃으며 대답했다.

"옛날부터 원래 노래라면 좀 했죠. 우리 가족들 다 그래요."

"캬! 타고났구먼."

"야야! 이번에는 기 상병이 한 곡 해라."

기무열 상병이 부동자세를 취했다.

"상병 기무열 노래 일 발 장전!"

고참들이 동시에 외쳤다.

"발사!"

"사나이로, 태어나서! 할 일도 많다만~"

"옳지. 잘한다! 너와 나! 나라 지키는~"

병사들 모두 노래를 따라 부르기 시작했고, 도로 위로 군가가 울려 퍼지기 시작했다.

✠　✠　✠

무궁화부대.

주둔지에는 30여 명가량의 대한민국 군인들이 환영 플래카드 등을 들고 입구에 늘어서 있었다.

그들은 본대가 출발하기 한 달 전에, 선발대 개념으로 먼저 출발해서 막사나 건물 등을 건설했고, 이제는 본격적인 파병부대가 주둔할 수 있도록 모든 준비를 완료했다.

대부분이 공병이나 행정병들이었고, 전투병은 일개 분대에 불과했다.

선민을 비롯한 파병군인들을 태운 트럭들이 줄지어 무궁화부대 안으로 들어오기 시작했다.

입구 양쪽에 늘어서 있던 선발대 군인들이 박수를 치며 그들을 환영했고, 트럭에 타고 있는 군인들도 그들을 향해 손을 흔들어 주었다.

긴 꼬리를 물고 끊임없이 주둔지로 들어오는 트럭들의 모습은 장관이었다.

마침내 마지막 보급트럭과 장갑차 등이 부대 안으로 들어왔고, 철문이 닫혔다.

200명에 가까운 대대 병력이 넓은 연병장에 도열했다.

단상에 무궁화부대의 대장인 서경목 준장이 나서서 연설을 했다.

"여러분들은 대한민국 여러 부대에서 차출되어 오늘부터 가칭 무궁화부대라는 이름으로 이곳에 주둔하게 되었습니다. 우리 무궁화부대는 다국적 UN군의 일원으로서 이 지역의 평화 유지를 위해……."

서경목 준장의 연설을 길게 이어졌다.

자칫 지루해질 수도 있는 연설이었지만, 모두들 눈을 반짝이며 그의 연설을 귀담아 들었다.

반군과 첨예하게 대립하고 있는 준 전쟁 지역에 파병온 자신들의 상황을 잘 이해했고, 때문에 긴장하지 않을 수 없었던 것이다.

부대장의 연설이 끝났고, 중대별, 소대별로 다시 모여 간단한 미팅을 가진 후, 막사가 배정되었다.

선민이 속한 알파 팀은 부대장의 숙소와 가장 가까운 막사를 배정받았다.

20명은 족히 사용할 수 있는 넓은 막사였지만, 그곳을 알파 팀 일곱 명이 모두 사용하는 특권이 부여되었다.

그만큼 알파 팀에 대한 예우가 남다르고, 또 그들에게 거는 기대가 크다는 뜻이었다.

알파 팀의 팀장은 김민수 소위다.

육본 특수전술 팀 출신으로, 소위 말하는 엘리트 군인이다.

나이는 아직 젊지만 해외 파병된 미 그린베레 팀에 속해 실전 경험을 쌓은 베테랑이다.

그리고 그의 아래로 한 명의 중사와 두 명의 하사, 그리고 일반 병사 세 명이 있다.

모두 대한민국 최고의 특수부대 출신으로, 하지 못하는 일이 없는 만능 군인들이다.

원래는 미국의 대 테러 진압 팀을 흉내 내어 만들었다고 하는데, 실제로 그들과 견주어도 전혀 떨어지지 않는 훌륭한 팀으로 거듭났다.

알파 팀이 맡은 임무는 현재로서 아무것도 없었다.

아무 명령도 떨어지지 않았고, 팀원들이 뭘 하든 아무

도 제지하지 않았다.

알파 팀은 무궁화부대 내에서 백수건달이나 다름이 없
었다.

그렇다고 해서 그들이 정말 백수건달처럼 행동한 건 아
니었다. 개인적으로 체력과 육체 단련을 게을리하지 않았
다. 누가 시켜서가 아니라 스스로 하는 훈련으로, 이미 몸
에, 아니 뼛속 깊이 배어 있기에 가능한 일이었다.

백골부대, 강화도 해병대, 포항 해병대, 최전방 수색대,
공수부대 같은 날고 긴다는 특수부대의 병사들도 부대 내
에 많이 있었지만, 그들조차 알파 팀은 건드리지 않았다.

알파 팀에 대한 정보와 소문을 이미 들어 알고 있었기
때문이다.

명령에 따라 사선을 넘나들어야 할 그들이 부대 내에서
까지 숨 막히는 규율에 따라 영내 생활을 하는 건 결코 쉽
지 않은 일이다.

처음 한 달은 별일 없이 조용히 지나갔다.

2차 파병군인 150여 명이 더 도착했고, 이젠 부대도
제대로 된 모습을 갖추게 되었다.

장갑차, 헬기 등을 비롯한 온갖 장비들이 들어와 연병
장 한쪽을 꽉 채웠다.

얼핏 보기에는 평화 유지군이 아니라, 돌격부대나 다름
이 없는 모습이다.

그건 현지의 상황이 그만큼 위험하고 절박하다는 뜻이리라.

아프가니스탄은 무지 더웠다.

그늘에 가만히 앉아 있어도 땀이 줄줄 흐를 정도였다.

특별한 임무가 주어지지 않은 알파 팀은 런닝 하나만 걸치고 지냈다.

해가 기울어 가는 저녁, 식사를 마친 알파 팀은 연병장 한구석에서 족구를 하고 있었다.

일반병과 하사관들로 나뉘어 3대 3의 대결이 벌어졌고, 심판은 팀장인 김민수 소위가 맡았다.

"야야! 저쪽으로 차란 말이야!"

"젠장! 누군 차고 싶지 않아서 그런 줄 아냐? 내가 원래 개발이라고!"

"이런! 또 한 방 먹었다! 야! 최 하사! 정신 안 차릴래?"

족구는 일방적으로 진행되었다.

하사관들이라면 군대 경력이 꽤 길고, 당연히 족구 실력도 뛰어났다. 대한민국 군대의 특성상 쉽게 할 수 있는 스포츠는 족구밖에 없기 때문이다.

그런데 일반병 출신의 팀원들에게 번번이 깨졌다.

하사관 출신의 팀원들은 그 원흉으로 강선민을 지목했다.

강선민의 운동신경은 그야말로 발군이었다. 오죽하면 족구 국가대표가 있다면 일순위로 뽑아야 한다는 말이 있을 정도다.

그는 아무리 어렵고 빠른 공이라도 모두 받아 냈다. 때문에 아무리 공격을 퍼부어도 소용이 없었다. 당최 점수를 따질 못하니 이길 도리가 없는 것이다.

마침내 족구가 끝났다.

세트스코어 3—0. 그리고 각 세트마다 하사관 출신의 팀원들이 얻은 점수는 10점을 넘지 못했다.

"야! 족구 귀신! 너 사회에서 족구만 하다 왔나?"

선민은 자신의 능력을 반도 보여 주지 않았지만 족구 귀신이라는 별명을 얻었다.

"족구는 그냥 취미로 했죠. 하하하. 그보다 오늘도 우리가 이겼으니, PX에서 닭발 세 캔 사셔야 합니다."

"대신 맥주는 너희들이 사!"

"그러죠."

"자! 샤워나 하러 가자!"

알파 팀원들이 막사로 우르르 몰려 가던 중, 갑자기 선민이 걸음을 멈추었다.

군인 한 명이 아프가니스탄 어린이들 대여섯 명을 줄지어 데리고 정문을 통과해 들어오는 것을 보았던 것이다.

"저기 좀 보십시오."

선민의 목소리에 모두들 걸음을 멈추고 정문을 향해 고개를 돌렸다.

"엉? 현지 아이들 같은데?"

"무슨 일일까?"

"팀장님! 혹시 아십니까?"

알파 팀장 김민수 소위가 대답했다.

"학생들이다."

"학생이라니요?"

"인근 마을에 학교를 지을 예정이다. 부대장님의 특별 지시로 행정부에서 추진하는 현지 평화 사업의 일환이야."

"아! 그럼 저 학생들을 우리 군인들이 가르친단 말입니까?"

"교육 관련 병사도 데려왔을 거다. 그들이 담당하게 될 거야."

선민은 아이들의 모습을 보자 표정이 어두워졌다.

더운 여름에 천으로 온몸을 칭칭 감은 여자아이들의 모습이 너무 답답해 보였다. 그리고 남자아이들이 입고 있는 옷은 너무 낡았고, 얼굴은 난민이라는 표현이 어울릴 정도로 비쩍 말랐다.

그는 이런 아이들의 모습을 본 적이 있었다.

바로 6.25사변 때 전쟁고아가 되어 버린 대한민국의

어린아이들을 찍은 사진 속에서였다.

　그 사진 속에 있던 절망에 찬 아이들의 모습이 지금 그의 눈앞에 있었다.

　"아프가니스탄 애들이군."

　기무열 상병이 선민의 어깨를 툭 쳤다.

　"불쌍하지 않나?"

　"그래, 불쌍해."

　"대한민국에 태어난 사실을 고마워해."

　선민이 고개를 끄덕인 후, 아이들을 향해 걸어갔다.

　기무열 상병이 그에게 뭐라고 하려다가 고개를 흔들더니 막사로 향했다.

　선민이 다가가자 아이들을 인솔하고 있던 병사가 고개를 돌렸다.

　선민은 인솔 병사가 소위 계급장을 달고 있는 것을 보고 먼저 거수경례를 했다.

　"충성!"

　"음."

　소위가 선민의 인사를 받은 후 그를 가만히 쳐다보았다.

　땀에 흠뻑 젖은 런닝 하나를 걸쳤고, 추리닝에 운동화를 신었다. 아무리 봐도 제대로 된 군인처럼 보이지 않는다.

"알파 팀이군. 그렇지 않나?"

"어! 어떻게 아셨습니까?"

"영내를 그런 꼴로 돌아다니는 군인은 알파 팀밖에 없으니까."

선민은 자신을 바라보는 그의 표정이 별로 좋지 않다는 사실을 알았다.

"관등성명은?"

"알파 팀 강선민 상병입니다."

"나는 행정반 양상민 소위다. 무슨 일이야?"

"이 아이들 때문에……."

"인근 마을의 아이들이다. 부대장님의 특별 지시로 임시 학급을 편성해서 운영하기로 했다."

"아! 그렇군요."

"일단 다섯 명만 먼저 데려왔지만 앞으로 계속 받을 생각이다."

"교실은 어디 있습니까?"

"막사를 개조했다."

"아!"

"왜? 관심 있나?"

"예, 조금……."

"알파 팀의 대원이 이런 일에 관심이 있다니 별일이군. 어쨌든 나는 환영이다. 돕고 싶으면 옷이나 갈아입고 와.

임시 학교는 2중대 뒤편에 있다."

"알겠습니다."

선민은 곧바로 자신의 막사로 뛰어갔다. 그리고는 급히 샤워를 한 후 군복으로 갈아입고 다시 밖으로 나갔다.

"야, 어디 가?"

"닭발 안 먹을 거야?"

고참들이 고함을 질렀다.

"나중에 먹겠습니다. 먼저 드십시오."

"나중엔 네 거 없어, 인마!"

"괜찮습니다."

선민은 곧바로 2중대 뒤편에 있는 임시 학교로 갔다.

잠시 후, 자그마한 막사 앞에 멈춰 선 선민은 한숨을 내쉬었다.

아무리 임시 학교이고, 또 교실이라지만 이건 좀 아니다 싶었다. 책걸상은 말할 것도 없고 냉방 시설조차 되어 있지 않았다. 해가 기운 저녁이었지만, 아직도 막사 안에는 열기가 남아 있었다.

아이들은 그런 더위에 이미 익숙해졌는지 아무렇지도 않은 표정이었지만, 양상민 소위는 땀을 뻘뻘 흘렸다.

아이들은 바닥에 엎드린 채 새로 얻은 노트에 연필로 뭔가를 그리며 좋아했다.

양 소위가 지휘봉으로 화이트보드를 탁탁 치자 아이들

이 놀란 눈으로 고개를 들었다.

양 소위는 서툰 현지어로 뭐라 말했다.

그러자 아이들이 어리둥절한 표정을 짓더니 이내 깔깔 거리며 웃었다. 그리고는 양 소위가 발음한 단어를 다시 고쳐서 말해 주었다.

양 소위는 헛기침을 하더니 아이들의 발음을 따라 말했 다.

하지만 여전히 아이들이 한 발음과는 차이가 컸다.

아이들이 계속 웃으며 단어를 반복해서 말했고, 양 소 위는 식은땀까지 흘리면서 그 말을 따라 했다.

선민은 그 모습을 보며 실소를 흘렸다.

누가 누구를 가르치는지 알 수 없었기 때문이다.

그때, 선민이 발을 가볍게 굴렀다.

쿵!

육중한 소리가 막사 전체를 은은하게 울렸다.

아이들은 물론 양 소위까지 깜짝 놀라서 선민을 쳐다보 았다.

선민이 아이들을 보더니 씩 웃으며 현지어를 정확한 발 음으로 말했다.

아이들이 눈을 크게 뜨더니 '와!' 하는 표정을 지었다.

선민이 아이들에게 양 소위를 가리키며 잘 듣고 받아 적으라는 손짓을 했다.

아이들이 고개를 끄덕이더니 그 자리에 엎드리고 앉아 화이트보드에 적힌 알파벳을 베껴 적기 시작했다.

선민이 양 소위에게 다가갔다.

"방해한 건 아닌지 모르겠습니다."

"강 상병, 혹시 현지어를 배웠어?"

"여기 오기 전에 간단한 회화 정도는 배웠습니다."

"그래? 그런데 발음이 그렇게 좋아? 나도 배우긴 했지만 발음이 너무 어려워서 말이야."

선민이 희미하게 웃으며 아이들을 내려다보았다.

"교재와 교구는 없습니까?"

"부대장님께서 갑자기 지시한 사항이라……. 본국에 교재와 교구를 요청하긴 했는데, 솔직히 언제 올지는 모르겠다."

"음……. 그리고 교실로 이 막사를 계속 사용하실 겁니까?"

"이 막사도 어렵게 얻은 거야. 원래 창고였는데……."

그가 말끝을 흐렸다.

선민은 왜 다른 막사에 다 설치되어 있는 에어컨이나 선풍기가 이곳에는 없는지 알 수 있었다.

"선풍기라도 좀 가져다 놓죠?"

"그런 게 있으면 왜 갖다 놓지 않았겠냐? 휴!"

"보급대에 가 보셨습니까?"

"말도 마라. 보급대장하고 대판 싸워서 간신히 얻어 낸 게 이 화이트보드다. 노트와 연필도 행정반에서 가져온 거야."

"부대장님의 특별 지시로 시작한 사업이라면 제대로 해야죠."

"쳇! 나도 정말 그러고 싶다. 휴!"

양 소위가 고개를 절레절레 흔들며 한숨을 내쉬었다.

선민은 불편한 자세로 엎드린 채 알파벳을 베껴 쓰는 아이들을 보자 너무 안쓰러웠다.

"안 되면 되게 하라! 없으면 만들어라!"

"뭐?"

"군인들의 철칙 아닙니까?"

"그래서? 교구를 직접 만들자고?"

"제가 돕겠습니다."

"흠!"

양 소위가 잠시 생각하더니 고개를 끄덕였다.

"좋아. 한번 해 보자."

"일단 선풍기라도 가져와야겠습니다. 너무 더워요."

"남는 선풍기 있어?"

선민이 의미심장한 미소를 짓더니 막사를 나갔다.

잠시 후, 그는 알파 팀 막사에 나타났다.

막사 내에서는 닭발을 안주로 맥주파티가 벌어지고 있

었다.

에어컨은 시간제로 틀기 때문에 꺼져 있었고, 대신 선풍기 두 대가 바람을 불어 내고 있었다.

"어이! 빨리 와서 앉아!"

"어서 한잔해!"

선민이 손을 휘휘 내젓더니 선풍기 하나를 집어 들었다.

"이거 가져갑니다."

"뭐?"

고참들이 황당하다는 표정을 지었다.

"에이, 하나 있잖아요."

"야! 하나 가지고 안 돼! 밤에 얼마나 더운데!"

"어디로 가져가겠다는 거야?"

"아까 보셨던 현지 아이들이 작은 막사에서 힘들게 공부를 하고 있습니다. 선풍기라도 좀 틀어 주려구요."

"아, 아이들?"

다른 건 몰라도 애들이 공부하는데 선풍기를 틀어 주겠다고 하니 고참들로서도 뭐라 할 말이 없었다.

"행정반이나 보급대에 가서 달라고 하지, 왜 우리 걸 가져가?"

"나중에 보급대에서 하나 받아 올게요."

고참들이 쓴 입맛을 다시더니 말했다.

"꼭 챙겨!"

"옙!"

선민인 거수경례를 한 후, 재빨리 선풍기를 가지고 밖으로 뛰어나갔다.

"쟤가 언제부터 애들 교육에 관심이 있었데?"

"그러게 말이야. 그래도 기특한데?"

"교육은 백년지대계라! 머나먼 아프가니스탄에 대한민국의 혼을 심는구나!"

고참들이 저마다 한 마디씩 하면서 맥주 캔을 들었다.

한편, 선풍기를 가지고 나온 선민은 곧바로 임시 교실로 향했다.

선민이 선풍기 한 대를 들고 들어서자 아이들이 '와!' 하는 함성을 질렀다.

선풍기가 돌아가고 바람이 일어났다.

아이들은 저마다 선풍기 바람을 가까이서 쏘이기 위해 몰려들었다.

선민이 나지막한 목소리로 뭐라 말하며 손을 휘저었다.

희한하게도 아이들이 선민의 말은 잘도 들었다.

곧바로 줄을 지어 옹기종기 앉았고, 선풍기의 바람은 공평하게 아이들의 머리카락을 날렸다.

선민이 그 모습을 보고 희미한 미소를 지었다.

별일 아니었지만 아이들이 저렇게 좋아하는 모습을 보

니 가슴이 훈훈해졌던 것이다.

"잘하는데, 강 상병."

"예?"

"애들을 아주 잘 다루는군. 기왕이면 가르치는 것도 해 보지그래?"

"제가요? 에이, 아닙니다."

"그러지 말고 해 봐. 어차피 하루에 두 시간이야. 한 시간은 내가, 그리고 한 시간은 강 상병이 가르치는 거야. 어때?"

선민이 잠시 생각하더니 중얼거렸다.

"한 시간 정도라면……."

"그래, 한 시간."

"팀장님과 의논해 보겠습니다. 한데, 왜 저녁에 수업을 시작하십니까? 집으로 돌려보내기 위험하지 않습니까?"

"어쩔 수 없어. 낮에는 일을 해야 하기 때문에 부모님들이 허락을 하지 않으신다."

"아!"

선민이 고개를 끄덕였다.

척박한 땅에서 입에 풀칠이라도 하려면 움직일 수 있는 식구는 모두 나서는 게 아프가니스탄의 사정임을 잠시 잊었던 것이다.

선민은 아이들이 글을 쓰는 모습을 쳐다보았다.

아이들 모두 연필을 쥐는 법조차 몰랐고, 알파벳은 그냥 그리는 수준이었다.

선민은 그런 아이들에게 연필 쥐는 방법부터 친절하게 가르쳐 주었다.

양 소위는 그런 선민의 모습을 보고 고개를 끄덕였다.

❈　　❈　　❈

선민은 아이들이 트럭에 실려 부대 밖으로 빠져나가는 모습을 지켜보았다.

트럭 뒤에 타고 있던 아이들이 선민과 양 소위를 향해 밝게 웃으며 손을 흔들었다.

선민과 양 소위도 아이들에게 손을 흔들었다.

트럭이 사라지고 나자 양 소위가 선민의 어깨를 툭 쳤다.

"아이를 아주 잘 가르치던데? 혹시 사회에서 비슷한 일을 하다가 입대했어?"

"아닙니다. 고등학교 졸업 후 바로 입대했습니다."

"그래?"

"부모님은 제가 대학 가는 모습을 보고 싶어 하셨지만, 전 별로 뜻이 없었어요. 공부를 잘하지도 못했고."

"그럼 타고났나 보네. 애들 가르치는 능력을."

"에이, 애들에게 알파벳 가르치는 정도 가지고 무슨……."

"가르친다는 것과 아는 게 많다는 건 달라. 아무리 많은 지식을 가지고 있어도 제대로 전달을 하지 못하면 교육자가 될 수 없는 거야. 하지만 강 상병처럼 작은 지식이라도 효과적으로 가르칠 수 있는 능력이 있다면 그게 교육자로서의 최고 덕목 아니겠어?"

"사실 전 누굴 가르치는 건 처음 해 봤습니다."

"그런데도 그렇게 잘하는 걸 보면 타고난 게 맞다니까."

"에이, 아닙니다, 양 소위님."

"그럼, 애들 보고 왜 갑자기 찾아왔어?"

"예? 그게……."

선민은 갑자기 대답할 말이 떠오르지 않았다. 다시 생각해 봐도 자신이 왜 아이들에게 갔는지 이해할 수 없었다.

그가 잠시 머뭇거리더니 다시 말했다.

"그냥 발길이 그쪽으로 움직여서요."

"하하하, 거봐! 그게 바로 본능이라니까. 자신이 하고 싶은 일을 자연스럽게 알아차리고 이끄는 거지."

"정말 그럴까요?"

"그래, 혹시 어릴 때 골목대장 같은 거 하지 않았어? 그리고 학교 다닐 때에도 친구들 사이에서 은연중 리더역할을 했을 것 같은데?"

선민이 흠칫하더니 생각했다.

양 소위의 말이 틀리지 않았던 것이다.

또래 친구들보다 몸이 빨라 싸움도 곧잘 했고, 어른들로부터 의젓하다는 말도 많이 들었다.

고등학교에 들어와서 학교 짱을 할 때에도 친구들이 자신을 잘 따랐던 게 기억났다.

'그러고 보니 난 항상 친구들과 어울릴 때 중심에 있었구나.'

선민의 표정을 본 양 소위는 자신의 생각이 옳다는 것을 알았다.

"귀국하고 나면 사병 교육대에서 근무해 볼 생각 없어?"

사병 교육대.

단 한 번도 생각해 본 적이 없는 일이었다.

선민은 막연히 용병 같은 일을 해 보고 싶었고, 그 때문에 특전사에 지원했다.

물론 총을 들고 전쟁터를 찾아다니는 용병이 되겠다는 치기는 사라졌다. 그래서 군대에 말뚝을 박거나 제대 후 경찰이 되면 어떨까 하고 가끔 생각하기도 했다.

선민이 아무 대답도 하지 못하고 있자 양 소위가 그의 어깨를 툭 쳤다.

"차차 생각해 봐. 그리고 내일도 저녁에 나와서 애들 가르칠 거지?"

"임무만 떨어지지 않는 한 계속 그렇게 하겠습니다."

"후후후, 좋아. 그럼 내일 보자."

"충성!"

거수경례를 한 후, 두 사람은 헤어졌다.

선민은 막사로 돌아가면서 양 소위가 했던 말을 차분하게 되새겼다.

8장

무하마드 핫산

카심은 유달리 호기심이 많은 아이였다.

한국 나이로는 12살로, 초등학교 5학년에 해당한다.

카심은 수업 중에 질문도 많았다.

아주 간편한 생활회화만 가능한 선민과 양 소위로서는 카심의 질문을 알아듣기도 어려웠다. 더구나 질문에 대한 대답을 하려면 손짓, 발짓을 섞어서 한참의 시간이 걸리기도 했다.

정말 쉽지 않은 일이었지만, 자신의 호기심을 충족시킨 카심의 환하게 웃는 얼굴을 보면 마음이 흐뭇해졌고 보람도 느낄 수 있었다.

선민과 양 소위는 현지의 언어를 습득하는 게 아이들을

가르치는 일이나, 현지인들과 의사소통을 위해 가장 중요하다는 사실을 깨달았다.

때문에 두 사람은 틈만 나면 회화 공부를 했고, 그렇게 두세 달이 지났다.

아직은 정착 단계라 그런지 알파 팀에 임무가 내려온 적은 없었다. 기껏해야 부대 주변 정찰 정도가 전부였다.

그것도 정찰을 담당하는 소대가 따로 있었기에 주변의 지형, 지물을 익히는 의미로 둘러보고 오는 게 전부였다.

덕분에 여가 시간이 많았고, 선민은 그 시간을 고스란히 언어 공부에 쏟아부었다.

이제 선민은 간단한 일상회화는 무리 없이 할 수 있었다.

언어 체계가 전혀 다른 현지어를 단 석 달 만에 그 정도까지 익혔다는 건 상당히 놀라운 일이었다.

양 소위도 언어가 많이 늘기는 했지만 선민에 비하면 조족지혈이다.

물론 선민이 그처럼 빨리 현지어를 습득할 수 있었던 것은 그가 선욱으로부터 배운 마나연공법과 선무도관에서 먹은 영단 덕분이었다.

선민의 머리는 원래 나쁘지 않았고, 마나연공법을 통해 집중력이 놀라울 정도로 발달했기에 그처럼 빠른 언어습득 능력을 발휘할 수 있었던 것이다.

만약 선민이 그 능력을 다른 공부에 쏟아붓는다면 얼마나 놀라운 결과를 가져올지 상상하기 어려울 것이다.

어쨌든 선민의 회화 실력은 부대에 알려졌고, 가끔인 통역관으로 차출되는 일도 있었다.

선민으로서는 다소 귀찮기는 했지만, 무궁화부대원으로서 부여받은 임무를 성실히 수행하는 것이 나라를 위하는 길이라 생각하고 열심히 했다.

아이들을 가르치는 막사에 '무궁화 학교'라는 간판이 붙었다. 그리고 배우는 아이들의 숫자도 10명으로 불어났다.

여자아이들이 셋, 그리고 남자아이들이 일곱이었다.

"자, 따라 읽어봐. Hello. My name is…….."

"Hello. My name is…….."

아이들이 저마다 자신의 이름을 더욱 크게 말하느라 교실이 떠들썩해졌다.

선민이 손을 들어 아이들을 조용히 시킨 후, 짧고 간단한 일상 대화를 이어 갔다.

한 시간이 훌쩍 지나고, 이제 한글을 배울 차례가 되었다.

양상민 소위가 한글 교육을 맡았는데, 아이들은 유달리 한글을 어려워했다. 하지만 글씨가 예쁘다며 노트 필기만큼은 영어보다 더욱 열심히 했다.

수업이 모두 끝났다.

그런데 선민은 오늘따라 카심의 표정이 어둡다는 것을 알았다.

선민이 그에게 조용히 다가가 물었다.

"카심, 기분 안 좋아?"

카심이 시무룩한 표정으로 고개를 숙였다.

"왜? 무슨 일이야?"

"내일부터 못 나와요."

"뭐? 왜?"

"아버지가 가지 말래요."

선민이 이해할 수 없다는 표정을 지었다.

"일은 낮에 많이 하잖아."

"일 때문이 아니에요."

"그럼?"

"경전 공부만 하래요."

경전이라면 이슬람 경전인 코란을 말한다.

아프가니스탄은 이슬람 국가였고, 특히 근본주의자, 강경주의자들이 많았다.

특히 내전을 일으킨 반군들은 이슬람 근본주의자들로, 서구의 지식이나 문화를 철저히 배격했다.

"내가 아버지를 만나 볼게."

"안 돼요! 오지 마세요."

"왜?"

"위험해요. 그들이 아버지를 죽일지도 몰라요."

"그들이라니?"

"바위산의 전사들⋯⋯."

바위산의 전사들은 반군을 지칭한다.

가끔 마을로 은밀하게 내려왔다 가기도 하는데, 마을 사람들이 그들에게 음식을 제공하기도 한다.

어떻게 보면 6.25사변 때 빨치산과 화전민들의 관계와 비슷했다.

"그들이 또 내려왔니?"

"요즘 자주 왔어요."

"그래?"

선민의 눈빛이 빛났다. 반군들의 활동이 증가했음을 알았던 것이다.

"음. 일단 알겠다. 어서 집으로 돌아가."

"네."

카심은 우울한 표정으로 트럭에 올랐다.

그러고 보니 학생들 중 몇몇의 표정이 좋지 못했다. 아마도 그들 또한 내일부터 학교에 나오지 못할 것이다.

아이들을 보낸 후, 선민이 양 소위에게 물었다.

"혹시 반군들의 활동이 증가되었다는 정보가 있습니까?"

"아직 그런 소식은 듣지 못했는데…… 작전 상황실에 한번 물어보지."

"카심의 말로는 반군들이 요즘 마을에 자주 나타난다 합니다. 때문에 부모들이 아이들을 여기 보내는 데 주저하고 있어요."

"음! 반군들이 마을에 드나드는 건 어제오늘의 일이 아니지만, 주민들이 겁을 집어먹으면 골치 아파지는데……."

무궁화부대의 활동에서 현지 주민들의 협조는 무척 중요하다. 미군처럼 인공위성이 없는 사정상 그들을 통한 반군에 대한 정보가 가장 중요하기 때문이다.

물론 미군으로부터 위성 정보를 받기는 하지만, 그건 무척 단편적이고 묵은 것들이라 별 소용이 없었다.

이런 상황에서 반군이 자주 출몰해 마을 주민들에게 두려움을 안긴다면 무궁화부대가 평화 유지라는 임무를 수행해 나가는 데 난관이 될 터였다.

다음 날 저녁, 선민은 팀장과 중대장의 허가를 얻어 호송대와 함께 부대 외부로 나갔다.

저녁 정찰 팀은 기관총이 장착된 지프차와 트럭에 나눠 탔는데 그들은 백골부대 소속의 병사들이었다.

선민은 그들에게 양해를 구하고 트럭 뒤칸에 끼어 앉았다.

백골부대 정찰 팀원들의 눈빛은 무척 매서웠고, 이따금

선민을 힐끔거리기도 했다.

사실 그들도 대한민국에서 둘째가라면 서러워할 최정예 대원들로서 자부심이 대단히 강했다.

따라서 특수부대원들 중 상위 1%만 모인다는 알파 팀에 대해 호기심을 느끼지 않을 리가 없었다.

그들 중 하사 계급장을 단 병사가 선민에게 은근슬쩍 말했다.

"알파 팀은 언제까지 영내에서 시간만 죽일 거야?"

선민이 그를 슬쩍 쳐다보고는 대답했다.

"아직 임무 하달이 되지 않았습니다."

"그러니까 그 임무라는 게 언제 내려오냐고?"

다소 시비조였지만, 그렇다고 해서 같은 방법으로 맞대응할 수는 없었다.

"글쎄요. 저도 모르겠습니다. 때가 되면 부대장님께서 임무를 주시겠지요."

"임무를 기다리기는 하는가 보군."

"……."

"해만 떨어지면 연병장 구석에서 족구를 하던데…… 언제 시합 한번 할까?"

"친선시합이라면 좋습니다."

"후후후, 군인에게 친선시합이 어딨어? 목숨 걸고 싸워서 이겨야지."

선민은 정말 사소한 일에 목숨 건다고 말하고 싶었지만 참았다.

"언제든 오십시오. 상대해 드리죠."

"호오! 이것 봐라! 그럼 제대로 한번 붙어 볼까? 족구가 아니라 축구 어때?"

선민이 그를 똑바로 쳐다보더니 말했다.

"종목과 방식은 하사님이 마음대로 정하십시오."

선민의 대답에 하사의 안색이 굳었다. 한 방 먹은 듯한 표정이다.

"좋아. 그럼 내일 18시 30분에 축구시합을 한다. 승패는 한쪽이 모두 쓰러질 때까지. 됐나?"

"좋습니다."

선민이 간단히 대답하고는 등을 꼿꼿이 세워 앉은 자세로 눈을 감았다.

백골부대 대원들이 이글이글 타오르는 눈빛으로 선민을 노려보았다.

늦은 오후의 뜨거운 공기를 뚫고, 황량한 지대를 지나 1시간가량 달린 끝에 도착한 아프가니스탄 마을.

백골부대 대원들이 재빨리 차에서 내리더니 절도 있는 자세로 주변을 경계했다.

열대여섯 명으로 나누어진 소대는 두 개의 분대로 나뉘어 마을을 살피기 시작했다.

선민은 지프차에 대기하고 있던 소대장 김호 중위에게 다가갔다.

"충성."

"무슨 일이야?"

"카심이라는 아이의 집이 어디입니까, 중위님?"

"조금만 기다려 봐. 애들 나올 테니까."

"카심은 아마 오늘 오지 않을 겁니다. 그래서 제가 직접 집으로 찾아가 부모님을 설득해 볼 생각입니다."

"그래? 왜 안 온다는 거야?"

"반군들이 몰래 다녀간 모양입니다."

"흠! 부모들이 두려워하나 보군."

"그런 모양입니다."

"그럼 어쩔 수 없지 않나? 굳이 설득해야겠어?"

"기왕 시작한 일입니다. 이만한 일로 그만둘 수는 없지 않습니까?"

김호 중위가 잠시 생각하더니 지프차 뒤에 앉아 있던 사병 한 명에게 명령했다.

"하 상병, 이 친구와 함께 카심의 집을 찾아봐."

"알겠습니다."

하 상병이라 불린 병사가 즉시 차에서 내렸다.

"가시죠."

선민은 김호 중위에게 감사를 표시한 후, 그와 함께 마을 안으로 들어갔다.

마을 사람들은 대부분 집 안에 있었고, 아이들 몇몇이 밖에 놀고 있었다.

아이들은 군인들이 다가오자 '와!' 하는 소리와 함께 달려와 손을 내밀었다.

하 상병이 주머니에서 초코파이 몇 개를 꺼내 나누어 주었다.

"훗! 그거 여기서도 인기가 많은 모양입니다."

하 상병이 가볍게 웃었다.

"초코파이는 세계 어딜 가나 인기 최곱니다."

선민이 초코파이를 받고 좋아하는 아이들에게 현지어로 물었다.

"카심의 집이 어디지?"

아이들이 저마다 한쪽으로 손짓을 하며 뭐라고 떠들었다.

"저 집인 모양이군. 가시죠."

선민은 하 상병과 함께 카심의 집으로 다가갔다.

선민이 카심의 집 앞에서 현지어로 소리쳤다.

"실례합니다. 카심 있습니까?"

검은 수염을 짧게 기르고 무슬림 특유의 복장을 한 중년 사내가 굳은 표정으로 나왔다.

"카심 아버님이십니까? 카심이 오늘……."

중년 사내는 다짜고짜 손을 휘휘 저으며 나가라는 손짓을 했다.

"카심은 없으니까 빨리 가시오!"

"아버님, 저는 카심에게 영어를 가르치는 대한민국 육군 병사입니다."

"그냥 가라고 하지 않았소!"

"잠깐만 들어 보십시오. 카심처럼 똑똑한 아이는 공부를 해야 합니다. 아이에게 교육이 얼마나 중요한지 아버님께서도 잘 아시지 않습니까? 그러니 지금까지 임시 학교에 보냈고요. 그렇지 않습니까?"

선민의 유창한 현지어에 중년인이 흠칫하더니 고민하는 표정을 지었다.

"바위산의 전사들이 왔다 갔다는 건 압니다. 그들은 이슬람 율법대로 살 것을 강요했겠죠. 하지만 그들을 두려워하셔서는 안 됩니다. 대한민국의 군인들이 이곳에 주둔하고 있는 한 결코 그들은 나쁜 일을 저지르지 못할 겁니다."

카심의 아버지가 선민을 잠시 쳐다보더니 물었다.

"그 말 책임질 수 있소?"

"물론입니다. 책임지지 못할 거면 이렇게 찾아오지도 않았을 겁니다."

"사실 우리 카심이 총명한 아이이긴 한데……."

"영어를 배워 두면 나중에 쓰일 곳이 많을 겁니다. 카심이 훌륭한 일꾼으로 자랄 수도 있고 말입니다."

자식의 미래를 걱정하는 건 동서고금이 다르지 않다.

카심의 아버지도 자식이 잘되기를 바라는 마음은 누구 못지않게 컸다.

한동안 고민하던 그가 마침내 고개를 끄덕였다.

"좋소. 그럼 대한민국 군인들을 믿고 아이들을 맡기겠소. 잘 가르쳐 주시오. 카심! 나와라!"

집 안에서 환호성과 함께 카심이 뛰어나오더니 선민에게 와락 안겼다.

선민이 카심의 머리를 쓰다듬어 주었다.

"하하하, 카심. 오늘도 공부하러 가야지?"

"네, 선생님."

선민은 카심에게 오늘 학교에 나오지 않으려 하는 아이들이 누가 더 있는지 알아낸 후, 그 아이들의 집으로 일일이 찾아가 부모들을 설득했다.

다행히 카심이 선민과 함께 있는 것을 본 부모들은 아이들을 순순히 내놓았다.

결국 선민은 아이들을 모두 트럭에 태운 후, 부대로 돌아갈 수 있었다.

무하마드 핫산.

이슬람 근본주의자이며 급진적인 성향을 지녔다. 코란의 율법을 따르기 위해 자살폭탄테러도 마다하지 않아 아프가니스탄에 주둔하고 있는 UN다국적군에게 극히 위험한 인물로 알려져 있다.

어두운 밤.

험준한 바위산이 겹겹이 둘러쳐져 있고, 헤아릴 수 없이 많은 동굴들이 이 바위산들에 사방팔방으로 뚫려 있다.

지형을 제대로 알지 못하는 사람이 들어갔다가는 당장 길을 잃고 빠져나오지 못할 정도로 복잡한 곳이기도 하다.

이 바위산들 중 어딘가에 있는 동굴에 한 떼의 이슬람 반정부군이 숨어 있다. 그리고 반정부군의 우두머리가 바로 무하마드 핫산이다.

무하마드는 위대한 알라신에 대한 기도를 마친 후, 몸을 일으켰다.

평생 동안 하루도 빠뜨리지 않고 한결같이 해 온 기도였지만, 오늘은 조금 달랐다.

비장함이 느껴진다.

알라의 위대한 율법을 실천하기 전, 마지막 기도를 올릴 때 그는 항상 그랬다.

동굴 밖으로 나오자 이슬람 특유의 복장을 한 채 칼빈

총이나 RPG를 든 사내 수십 명이 그를 기다리고 있었다.

무하마드가 그들을 쳐다보더니 손을 번쩍 들었다.

"알라신의 뜻대로!"

모두들 그를 따라 외쳤다.

"알라신의 뜻대로!"

와아!

함성과 함께 하늘을 향해 칼빈 총을 갈기기 시작했다.

투두두두두두두!

타다다다당!

요란한 총성이 바위산을 흔들었다.

한동안 울리던 총성이 그쳤고, 그들은 어디론가 이동하기 시작했다.

곧이어 밤이 되었고, 한 치 앞도 보이지 않는 길을 그들은 훤히 아는 듯 잘도 걸어갔다.

그렇게 대략 2시간가량을 걷자 마을이 나타났다.

희미한 불빛이 몇 개만 보일 뿐, 대부분의 마을 사람들은 깊은 잠에 빠져 있었다.

반군들이 버젓이 총을 든 채 마을로 걸어 들어갔다.

무하마드가 갑자기 하늘을 향해 칼빈 총을 쏘았다.

타다다다당!

총성이 밤하늘을 뚫고 천둥처럼 울렸다.

"모두 나와서 알라의 뜻을 받들라!"

무하마드의 외침과 함께 반군들이 집으로 마구 들어가 다니 사람들을 끌어냈다.

남녀노소를 불문하고 마을 사람들 대부분이 집에서 끌려 나와 마을 한가운데 모였다.

반군들이 그들을 둥글게 포위한 채 칼빈 총을 겨누며 위협했다.

무하마드가 두려움에 찬 마을 사람들을 둘러보더니 소리쳤다.

"아미다드! 아미다드!"

순간 허연 수염을 기른 노인 한 명이 나섰다.

"말해라, 아미다드! 알라의 계율을 어긴 계집이 어디 있지?"

아미다드라 불린 노인이 안색을 굳히더니 용감하게 소리쳤다.

"우리 마을은 계율을 어긴 사람이 없다. 모두 알라신의 계율대로……."

타다다당!

무하마드의 칼빈 소총이 불을 뿜었고, 노인 아미다드는 그 자리에서 고꾸라졌다.

"꺄악!"

"꺄아아악!"

비명이 잇달아 울렸고, 가족으로 보이는 사람들 몇이

울부짖으며 달려 나와 노인의 시체에 매달렸다.

무하마드이 시선은 더 이상 그들을 향하지 않았다.

그가 다시 소리쳤다.

"모잠! 모잠은 나와라!"

사오십 대로 보이는 한 중년인이 두려운 표정으로 나섰다.

"모잠, 대답해라. 알라의 위대한 율법을 어기고 이교도들의 지식을 배운 계집이 누구냐?"

모잠은 두려움에 떨며 아무 말도 하지 못했다.

무하마드가 무서운 눈빛으로 그를 노려보더니 총을 겨누었다.

모잠이 비명에 가까운 목소리로 소리쳤다.

"아히메! 니즈! 나지마!"

무하마드는 차가운 미소를 지으며 소리쳤다.

"계집들을 끌어내라!"

잠시 후, 세 명의 여자아이들이 반군들의 손에 끌려 나왔다.

울고 불며 가족들에게 매달렸지만, 반군들은 소총 개머리판으로 사정없이 두들겨 패면서 그들을 끌어냈다.

가족들의 울음소리가 사방에서 들려왔다.

세 명의 소녀들은 한 곳에 모여 오들오들 떨었다.

무하마드가 소녀들을 가리키며 마을 사람들에게 소리쳤다.

"알라의 율법을 어긴 이 계집들을 돌로 쳐 죽여라!"

마을 사람들 그 누구도 처음에는 나서지 않았다.

하지만 칼빈 소총의 총구가 그들을 겨누자 어쩔 수 없이 몇 명이 일어나 작은 돌을 던졌다.

따닥! 딱!

꺄악! 아아악!

작은 돌이라 큰 상처를 입지는 않았지만 소녀들은 너무 놀라 비명을 질렀다.

무하마드가 근처에 있는 마을 사람 두 명을 향해 칼빈 총을 발사했다.

타다다당!

처절한 비명과 함께 마을 사람 둘이 총을 맞고 쓰러졌다.

"여긴 이교도들의 마을인가!"

무하마드의 목소리에는 살기가 줄줄 흘렀다.

마을 사람들은 그의 말에 따르지 않았다가는 모조리 학살당할 것임을 알고 어쩔 수 없이 돌을 들었다.

"던져라!"

타다당!

총소리에 놀란 마을 사람 몇이 돌을 던졌다.

그와 함께 다른 마을 사람들도 잇달아 돌을 던지기 시작했다.

이번에 던진 돌들은 제법 컸다.

소녀들은 고통에 찬 비명을 질렀고, 머리가 터지고 깨져 붉은 피가 철철 흘러내렸다.

소녀들의 가족들이 비명을 질렀고, 몇몇은 충격을 이기지 못해 그대로 기절하고 말았다.

마을 사람들의 돌팔매질은 계속되었다.

이제 소녀들의 비명은 더 이상 들려오지 않았다.

아직 피어 보지도 못한 꽃봉오리들이 종교의 이름 아래 처참하게 목숨을 잃고 만 것이다.

소녀들의 죽음을 확인한 무하마드가 칼빈 총을 허공에다 대고 쏘며 소리쳤다.

"알라는 위대하다!"

반군들도 일제히 그를 따라 소리쳤다.

잔혹한 신에 대한 찬양이 아프가니스탄 어딘가에 있는 작은 마을을 울리고 있었다.

✠　　✠　　✠

부우우웅!

늦은 밤, 어둠을 뚫고 달려가는 트럭들이 있었다.

4대의 트럭이 병사들을 가득 태웠고, 선두에서 기관총이 설치된 지프 한 대가 질주했다.

어지간한 일로는 작전을 허락하지 않는다는 이 늦은 밤에 무궁화부대의 전투부대가 긴급히 출동하는 이유가 무엇일까.

아프가니스탄의 한 마을에서 일어난 사태를 무인정찰기를 통해 파악한 미군이 무궁화부대에 알려 주었고, 그 때문에 무궁화부대에서는 곧바로 전투병을 상황이 발생한 마을로 투입했던 것이다.

2개 소대, 50여 명의 병사들이 트럭에 나눠 타고 있었고, 트럭에 탄 병사들의 눈빛은 새파랗게 빛나고 있었다.

얼마나 달렸을까.

마을까지 10여 분 정도를 남겨 두었을 때, 어둠을 뚫고 밝은 빛 덩어리 하나가 연기를 길게 뿜으며 날아왔다.

쉬이이이이……

휴대용 대기갑 화기에서 발사된 로켓 추진형 유탄, 이른바 RPG(Rocket—Propelled Grenade)다.

번쩍!

쿠앙!

섬광에 이어 꿍음이 터져 나왔고, 불덩어리가 된 선두의 지프차가 허공으로 붕 떠올랐다가 뒤집힌 채 땅에 떨어졌다.

꽈광!

화르르르르!

선두 차가 되어 버린 트럭 운전병이 급브레이크를 밟았다.

끼이이이!

순간, 조수석에 타고 있던 소대장이 피를 토하는 듯한 목소리로 소리쳤다.

"매복이다! 멈추면 죽어! 밀고 나가!"

운전병이 눈을 딱 감고 액셀을 꾹 눌러 밟았다.

우와아아앙!

엔진이 터질 듯한 굉음을 뿜어내더니, 트럭은 뒤집힌 채 타오르고 있는 지프차를 그대로 들이받고 앞으로 질주했다.

꽝!

트럭에 받힌 지프차는 빙글빙글 맴돌면서 옆으로 튕겨 나가 짜부라졌다.

소대장이 어금니를 꽉 깨문 채 그 광경을 지켜보았다.

가슴속에서 뭔가가 금방이라도 폭발할 것 같은 느낌이었다.

지프차에 타고 있던 병사와 지휘관, 그들은 모두 전우였다. 그리고 첫 폭발에서 모두 사망했으리라는 건 의심의 여지가 없었다.

쉬이이이이이!

또 하나의 RPG 유탄이 어둠을 뚫고 날아왔다.

다행히 그 유탄은 갑자기 속도를 높인 트럭의 꽁무니를 아슬아슬하게 스치고 지나가 한참을 더 날아가더니 섬광과 굉음을 뿜어내며 폭발했다.

쿠앙!

피격당한 지프차를 들이받고 튀쳐나가지 않았다면 소대장이 타고 있던 트럭과 병사들도 잿더미가 되어 버리고 말았을 것이다.

쉬이이이이!

또다시 날아오는 RPG 유탄.

이번에는 사선에서 비스듬한 각도로 선두 트럭을 향해 날아왔다.

운전병이 경악한 표정으로 핸들을 옆으로 꺾으려 했다.

그때, 소대장이 그의 손을 꽉 잡았다.

"정면으로!"

운전병이 경악한 표정으로 소대장을 쳐다보았다.

무척 짧은 순간이었지만, 운전병은 소대장의 표정에서 그의 마음을 알 수 있었다.

순간, 자신이 살아왔던 모든 인생이 파노라마처럼 눈앞을 스쳐 지나갔다.

운전병이 아랫입술을 피가 나도록 깨물더니 꺾었던 핸들을 반대로 돌렸다.

끼이익!

트럭이 급격히 요동치더니 RPG 유탄이 날아오는 방향으로 머리를 디밀었다.

번쩍!

쿠앙!

다시 한 번 터져 나오는 섬광과 굉음!

트럭의 앞부분과 운전석 절반이 날아갔고, 그 충격에 트럭은 뒤로 밀렸다.

운전병과 소대장은 그 자리에서 즉사했지만, 트럭 뒤에 타고 있던 병사들은 다행히 목숨을 건졌다.

만약 처음 운전병이 핸들을 꺾었던 방향대로 트럭을 몰았다면, 뒤에 타고 있던 병사들은 잿더미가 되었을 것이다.

큰 충격을 받았지만, 병사들이 줄지어 뛰어내렸다.

모든 트럭들이 멈췄고, 거기에 타고 있던 병사들이 재빨리 내린 후, 방어 대형을 구축했다.

타다다다다당!

요란한 총성이 밤하늘을 울리기 시작했다.

병사들은 트럭을 엄폐물로 삼고 어둠 속으로 총을 난사했다.

핑! 피비빙!

악! 으악!

총알이 일으키는 파공음이 사방에서 들렸고, 순식간에

대여섯 명의 병사들이 총에 맞아 쓰러졌다.

쉬이이이!

어디선가 RPG 유탄 하나가 더 날아와 빈 트럭을 때렸다.

꽝!

트럭 뒤에 엄폐하고 있던 병사들 셋이 뒤로 튕겨나가며 쓰러져 꿈틀거렸다.

불타오르는 트럭이 사방을 대낮처럼 밝게 비췄다.

매복해 있던 적은 어둠 속에서 조준 사격을 했고, 무궁화부대 병사들은 밝은 곳에 노출된 채 총구에서 뿜어져 나오는 불빛만 보고 응사했다.

이래 가지고는 제대로 된 싸움이 될 수 없었다. 그리고 이 상태가 지속된다면 전멸은 시간문제일 따름이었다.

위기 속에서 또 다른 소대장 한 명이 결단을 내렸다.

"각 소대 첫 분대는 엄호하고 나머지는 돌격 준비를 한다! 알겠나!"

그의 고함 소리는 멀리 퍼지지 못했다. 하지만 중간 중간에 있는 병사들이 그의 명령을 전달했다.

소대장이 몸을 벌떡 일으키더니 소리쳤다.

"돌격 앞으로!"

트럭 뒤에 숨어 있던 수십 명의 병사들이 한꺼번에 뛰어나오며 어둠 속으로 돌진했다.

타다다다다당!

총알이 빗발쳤고, 여기저기서 수류탄이 폭발했다.

무궁화부대 병사들 서너 명이 적의 유탄에 피를 뿌리며 쓰러졌다.

전우가 눈앞에서 쓰러지는 모습을 본 병사들의 눈이 완전히 돌아갔다.

와아아아아!

누구의 입에서 시작된 함성인지 알 수 없었다.

그 함성은 들불 번지듯 퍼져 나갔고, 곧이어 무궁화부대원들 모두 고함을 지르며 앞으로 질주했다.

두세 명의 병사들이 잇달아 쓰러졌지만, 불타는 트럭이 비춰 주던 불빛의 영역을 넘어서 어둠 속으로 들어가자 더 이상 쓰러지는 병사들은 없었다.

적들도 무궁화부대 병사들의 모습을 발견할 수 없었던 것이다.

어둠 속에서 느긋한 표정으로 일방적 학살을 지켜보고 있던 무하마드 핫산의 안색이 일순 굳었다.

완벽한 포위망이었고, 유리한 지형이다.

이런 곳에 갇히면 빠져나갈 방법이라고는 전혀 없다.

이미 UN다국적군을 상대로 비슷한 전술을 사용했고, 그때도 소대 하나를 전멸시킨 경험이 있었다.

당시 포위망에 갇힌 적들은 차량을 엄폐물로 삼아 저항

하며 지원군을 기다리다가 하나하나 죽어 갔다.

이번에도 비슷한 상황으로 진행되었다.

포위되어 죽을 시간만 기다리던 적들이 갑자기 자신들을 향해 미친 듯이 달려오기 전까지는 말이다.

9장

첫 번째 교전

선민을 비롯한 알파 팀은 완전군장을 한 채 막사에서 대기했다.

갑자기 떨어진 비상 상황!

무궁화부대에 속해 있는 전투병 절반이 트럭을 타고 부대를 떠난 지 한 시간이 넘었다.

완전군장을 한 채 대기하는 것도 쉬운 일이 아니다.

하지만 알파 팀원들의 표정은 한 점의 흐트러짐도 없다. 그들은 완전군장을 한 채 사흘 밤낮을 산을 타도 끄떡없는 강철 체력을 지녔기 때문이다.

따라서 완전군장으로 대기하는 건 달밤에 산책하는 정도에 지나지 않는다.

"무슨 일이지? 교전이라도 발생했나?"

"팀장님은 왜 안 오셔?"

"답답해지려고 하네, 이거."

"부대 전체가 비상 상황이야. 전투병들 전부 연병장에서 대기하고 있어."

이런저런 이야기로 시간을 때우고 있을 때, 알파 팀장 김민수 소위가 들어왔다.

다소 상기된 표정이었는데, 예사롭지 않은 그의 모습을 본 알파 팀원들 모두 안색을 굳혔다.

"간단히 브리핑하겠다. 03시 10분경 미군으로부터 긴급 무선이 수신되었다. 현지 마을을 반군이 습격, 주민들을 죽인다는 정보였다."

순간 선민이 흠칫하는 표정을 지었다.

"혹시 비잔 마을입니까?"

"그렇다. 반군은 비잔 마을로 들어가 주민들 몇을 죽인 것으로 보인다. 이에 우리 무궁화부대 전투병 50여 명이 몇 대의 트럭에 나눠 타고 현지 마을로 급파되었다. 그런데 가는 도중 적의 매복 공격을 받았다."

순간, 모두들 자리에서 벌떡 일어났다.

"예?"

"매복요?"

"상황이 어떻습니까?"

김민수 소위가 어두운 표정을 지었다.

"아무래도 상황이 좋지 않다. 지원 요청이 급박하게 들어왔다."

그가 시계를 보더니 말했다.

"현재 03시 01분. 03시 05분까지 헬기를 탑승한다. 출동!"

김민수 소위가 앞서 나갔고, 그 뒤를 이어 대원들이 줄을 지어 막사 밖으로 나갔다.

연병장은 무척 소란스러웠다.

장갑차들이 총동원되었고, 트럭에는 병사들이 계속해서 탑승하고 있었다.

시끄러운 엔진 소리들 때문에 귀가 먹먹해질 지경이다.

알파 팀은 연병장을 가로질러 한쪽에 있는 헬기장으로 이동했다.

무궁화부대에 있는 헬기는 모두 세 대다. 두 대는 수송용이고, 한 대는 정찰용이다.

팀원들은 수송용 헬기 두 대에 나눠 탔다.

7명이라면 한 대에 모두 탈 수 있지만 굳이 나눠 타는 데에는 이유가 있다.

피격의 위험 때문이다.

한 대에 모두 타고 있다가 피격되면 전멸이다.

돈으로 가치를 매길 수 없는 최정예 대원들을 그런 식

으로 잃는다는 건 어마어마한 손실이다. 그래서 두 대에 나눠 타는 것이다.

투투투투투투!

헬기 특유의 엔진음이 들리더니 두 대의 헬기가 이륙했다.

이륙하자마자 헬기 문을 양쪽으로 열었다.

강한 바람이 불어 들이닥쳤다.

"레펠 준비!"

모두들 명령에 따라 줄을 맸다.

"현장까지 도착 예정 시간은 03시 15분! 도착 즉시 하강해 현장에 집결한다! 이상!"

투투투투투!

선민은 빠르게 스쳐 지나가는 땅의 윤곽을 내려다보며 안색을 굳혔다.

사실 알파 팀은 실전 못지않은 지독한 훈련을 받아 왔지만, 정말 실탄이 날아다니는 실전에 투입되는 건 지금이 처음이었다.

모두들 안색을 굳힌 채 말이 없는 것으로 보아 긴장하고 있는 게 분명하다. 그렇다고 해도 그들의 표정에 두려움은 전혀 떠올라 있지 않았다.

얼마 시간이 지난 것 같지도 않은데 벌써 현장이 멀리 보였다.

붉은색으로 번지고 있는 화염이 가장 먼저 눈에 들어왔다.

그 광경을 보자 선민은 정신이 번쩍 드는 것을 느꼈다.

호송 차량이 불타고 있는 것이다.

"레펠 실시!"

명령에 따라 모두들 밧줄 하나에 의지해 헬기에서 아래로 뛰어내렸다.

지이이이익!

줄을 긁는 소리와 함께 일곱 명의 대원들이 두 대의 헬기에서 줄을 타고 아래로 내려왔다.

땅에 발을 디딘 팀원들은 곧바로 어둠을 향해 총을 겨눈 채 현장으로 달려갔다.

현장에는 다섯 명도 채 되지 않은 병사들이 남아 있었고, 교전은 이미 끝나 있었다.

김민수 소위가 급히 소리쳤다.

"지휘관은?"

중사 한 명이 온몸에 피칠을 한 모습으로 거수경례를 했다.

"제2소대 박한이 중사입니다."

"상황은?"

"대대장님과 제1소대장님은 전사하셨습니다. 그리고 제2소대장님은 병사들과 함께 적을 향해 돌격하셨습니다.

아직 연락이 되지는 않지만 적들을 계속 추격하고 계신 듯합니다."

"뭐?"

김민수 소위는 믿을 수 없다는 표정을 지었다.

이런 상황에서 적을 향해 돌격을 했다니 말이다.

"아무도 살려 보내지 않겠다고 하셨습니다."

"어느 방향이야?"

"저 위쪽입니다."

"이거 미치겠군."

김민수 소위가 주변을 둘러보았다.

치열했던 격전의 현장이 고스란히 남아 있었다.

특히 열 명이 넘는 병사들이 피를 흘리며 쓰러져 있는 것을 보자 주먹에 힘이 불끈 들어갔다.

그가 팀원들을 불러 모았다.

알파 팀 대원 7명이 그의 주위로 둥글게 모였다.

김 소위가 땅바닥에 지도를 펼친 후, 플래시를 켰다.

"반군의 아지트로 짐작되는 곳은 이 산 어딘가에 있는 동굴이다. 미군이 전해 준 정보니 거의 확실할 거다. 결국 후퇴한 반군들이 돌아갈 곳도 그곳이란 말이지. 그러니 우린 이 산으로 간다. 그리고 그곳에서 반군의 대장으로 알려진 무하마드 핫산이라는 자를 생포, 또는 사살한 후에 부대로 복귀한다."

"우리가 30분가량 처졌습니다."

"금방 따라잡겠군."

김 소위가 차가운 미소를 지으며 지도를 접어 품속에 넣었다. 그리고는 곧바로 어둠 속으로 뛰기 시작했다.

알파 팀원들의 모습이 그와 함께 어둠 속으로 사라졌다.

✠　✠　✠

"헉헉헉헉!"

무하마드의 입에서 거친 숨이 들락거렸다.

그와 함께 어둠 속의 바위산을 달리는 반군들 역시 숨이 턱밑까지 차올랐다.

타당! 타다다당!

요란한 총성이 뒤에서 울렸고, 반군들은 그 자리에 엎드렸다가 응사했다.

타다다다다다!

투두두두두!

"지독한 놈들……."

무하마드는 쉬지 않고 따라오는 무궁화부대 병사들에게 질렸다. 바위산을 타는 건 쉬운 일이 아니다. 더구나 어두운 밤에 말이다.

반군들은 평생을 바위산을 타며 살아온 사람들이라 그 사실을 잘 알고 있었다. 그런데 지금 자신들을 쫓고 있는 적은 그런 상식을 벗어난 자들이었다.

총탄이 어디서 어떻게 날아드는지 알 수도 없는 위험한 상황 속에서 그들은 추격을 멈추지 않았다.

위대한 알라의 전사들도 한 명씩 쓰러져 지금은 절반밖에 남지 않았다.

적에게도 적지 않은 피해를 입혔지만, 그럴수록 그들은 더욱 악착같이 쫓아왔다.

무하마드가 무전기를 들고 있는 부관에게 명령했다.

"다시 교신해!"

부관은 급히 무전기를 켜고는 뭐라 떠들었다.

한동안 무전기를 들고 떠들던 부관이 안색을 밝혔다.

지직! 지지직!

"연결됐습니다!"

"그래?"

무하마드는 부관의 무전기를 빼앗듯 낚아채고는 급히 이야기했다.

"무하마드입니다! 알라신의 축복을! 예, 지금 제가 쫓기고 있습니다. 적은…… 알겠습니다. 그럼 준비해 주십시오. 그쪽으로 유인하겠습니다."

무하마드가 안도의 한숨을 내쉬며 무전기를 끊었다.

곧이어 그가 새파랗게 빛나는 눈빛을 하며 중얼거렸다.

"이놈들! 모조리 죽여 주마!"

무하마드는 부하들을 이끌고 다시 바위산을 타고 뛰기 시작했다.

그렇게 얼마나 달렸을까.

어느덧 동쪽 하늘이 뿌옇게 밝아 오고 있었다.

❊　❊　❊

선민을 비롯한 알파 팀은 바위산을 따라 빠른 속도로 이동했다.

그러다가 교전에 의해 부상을 당했거나 목숨을 잃은 병사들을 이송하는 병사들을 만났다.

어둠 속에서 암호를 주고받아 아군임을 알게 된 알파 팀이 어둠 속에서 모습을 드러냈다.

"우리는 알파 팀이다. 선임은 누군가?"

"제2소대 하사 김영우!"

"음. 자네가 선임인가?"

"그렇습니다."

"상황은?"

"소대장님께서 잔여 병력을 이끌고 계속 추격에 나섰습니다. 그 와중에 교전이 계속 벌어졌고, 열 명이 넘는 적을 사살했습니다. 하지만 아군도 적지 않은 피해를 입었습니다."

"그쪽 지휘관과 무전 연결이 왜 안 되나?"

"무전기가 피격당했습니다. 그래서 무선 통신이 불가능한 상태입니다."

"아군의 피해는?"

"절반에 가까운 아군이 사상되었습니다."

"그럼 반군을 추격 중인 아군의 숫자는 열다섯 명 남짓이군."

"그렇습니다."

"적의 규모는?"

"어둠 속이라 정확히 파악하지는 못했지만 최소 십여 명이 도주하고 있는 것으로 파악하고 있습니다."

"오케이. 알겠다. 어서 내려가라!"

"충성!"

병사들은 곧바로 부상자와 사상자들을 데리고 산을 내려갔다.

"모두 들었겠지? 아군의 피해를 줄이려면 최대한 빠른 시간 안에 반군을 추격해 사살해야 한다."

"박 소위가 놈들을 제대로 때려잡을 작정을 했군요."

팀원들 중 한 명의 말에 김 소위가 대답했다.

"나 같아도 그렇게 할 거다. 처음에 적을 확실히 제압하지 못하면 우릴 만만하게 보고 계속해서 괴롭힐 테니."

모두들 그의 말에 동의한다는 듯 고개를 끄덕였다.

알파 팀원들은 다시 산을 달리기 시작했다.

멀리서 이따금 들려오던 총성이 이젠 천둥처럼 크게 들리기 시작했다.

교전 지역이 가깝다는 증거다.

"모두 힘내라! 멀지 않았다."

팀원들 모두 더욱 빠른 걸음으로 바위산을 가로지르기 시작했다.

그렇게 10여 분을 더 가자, 마침내 반군들과 교전하고 있는 아군 병사들의 모습이 보였다.

산비탈 위쪽에서 상황을 내려다보자 대략 윤곽이 나왔다.

아군 15명 정도가 엄폐물을 찾아서 움직이며 반군을 추격했고, 반군들도 마찬가지로 엄폐물 사이를 이동하며 도주하고 있었다.

김 소위가 잠시 적외선 망원경을 통해 상황을 살피더니 말했다.

"생각보다 적의 숫자가 많다. 내가 파악하기에는 스물다섯 혹은 그 이상. 아군의 숫자는 열네 명이다. 박 중사와 최 하사는 적의 좌측면, 그리고 박 병장과 기 상병은 우측면으로 접근, 내 신호에 따라 적을 사살한다. 김 하사는 나와 함께 소대장과 합류하고, 강 상병은 적의 측면으로 돌아가 후미를 봉쇄해 반군 지휘부를 궤멸하라."

팀장의 명령에 따라 팀원들은 자신이 맡은 임무를 수행하기 위해 어둠 속으로 흩어졌다.

선민은 팀원들이 모두 흩어지기를 기다렸다가 어둠 속을 노려보며 차가운 미소를 지었다.

비로소 자신의 능력을 제대로 발휘할 수 있는 기회를 얻은 것이다.

선민은 그 자리에 서서 호흡을 길게 늘렸다.

"흐읍! 후우!"

단전에서 잠자고 있던 기운이 꿈틀거리며 일어나 온몸으로 뻗어 나갔다. 그러자 태산이라도 들어서 옮길 듯한 힘이 용솟음쳤다.

선민이 천천히 걸음을 옮기기 시작했다.

탁! 탁! 탁!

근처에 있는 크고 작은 바위들을 살짝 밟으면서 나아가던 그의 움직임이 조금씩 빨라졌다.

타다다닥!

울퉁불퉁한 바위들이 선민의 발아래서 빠르게 다가왔다가 뒤로 멀어졌다.

희미한 달빛만이 사위를 비추고 있을 뿐이었지만, 선민은 마치 대낮처럼 주변의 경물을 볼 수 있었다.

그는 정확히 자신이 디뎌야 할 곳을 지점을 밟아 가며 바람처럼 달렸다.

만약 다른 사람들이 그의 이런 모습을 보았다면 귀신이 나타났다고 기겁을 했을 것이다.

선민은 순식간에 수백 미터를 주파해 아군과 적군의 교전 지역을 크게 선회해 후미로 돌아갔다.

반군의 동태가 선민의 눈에 훤히 들어왔다.

지휘부로 보이는 자들이 가장 후미에서 엄폐물을 찾아 이동하며 도망을 쳤고, 20여 명이 넘는 반군들이 그들을 엄호하며 아군을 향해 총을 쏘고 있었다.

선민이 다소 긴장된 표정을 지었다.

사살 내지 생포하라는 명령을 받았지만 이런 교전 상황에서 적을 생포하는 건 쉬운 일이 아니다. 그렇다면 답은 하나뿐이다. 사살해야 하는 것이다.

아무리 지독한 지옥훈련을 수도 없이 받은 선민이지만 살아 있는 사람을 향해 총을 쏴야 한다는 사실은 적지 않게 부담이 되었다.

그때, 처절한 비명이 어디선가 터져 나왔다.

고개를 돌려보니 아군 한 명이 적의 흉탄에 맞아 피를 흘리며 쓰러지는 모습이 선민의 눈에 들어왔다.

지나치게 밝은 그의 시력 탓에 아군 병사의 고통에 찬 표정까지 고스란히 보였다.

순간, 선민은 눈이 살짝 뒤집히려는 것을 느꼈다.

그는 당장 적을 향해 총을 발사하고 싶은 충동을 느꼈지만 꾹 눌러 참았다.

— 총알이 빗발치는 상황에 놓이게 되면 눈이 돌아가게 되지. 겁이 없어지고 용감해질 수는 있겠지만, 그건 결코 현명한 행동이 아냐. 오히려 약간은 두려움을 갖는 게 좋다. 그리고 항상 침착하고 생각을 해. 생각을 멈추는 순간 죽는 거다.

마지막 휴가가 끝나고 부대에 복귀하기 전에 자신의 형인 선욱이 부대 앞까지 따라와 마지막으로 해 준 충고다.

선민은 형이 얼마나 대단한 능력을 지닌 사람인지 잘 알고 있었고, 따라서 그의 충고를 단 한 순간도 잊은 적이 없었다.

선민이 심호흡을 한 차례 한 후, 마음을 가라앉혔다.

이제 그의 눈에 보이는 반군은 사살해야 할 적일뿐이었다. 인명을 해쳐야 한다는 부담감 따위는 어느새 깨끗이 사라지고 없었다.

선민은 차분하게 상황을 다시 살폈다.

자신이 움직여야 할 동선을 머릿속으로 그렸고, 어딜 어떻게 공격해야 할지 확인했다.

그가 막 움직이려는 순간, 갑자기 기이한 느낌에 사로
잡혔다.

불안감이었다.

선민이 미간을 찌푸렸다. 언제부터였는지는 몰라도 그
의 육감은 놀라울 정도로 발달했다.

그리고 틀린 적이 거의 없었다.

불안감이 든다면 뭔가 위험한 요소가 더 있다는 뜻이었
다.

선민은 온몸의 기운을 모두 끌어 올려 감각에 집중했
다.

주변의 산세가 희미하게 그의 눈에 들어왔다.

그는 위협을 주는 요소가 어디에 있는지 살피기 시작했
다.

의외로 위협은 먼 곳에 있지 않았다.

반군의 지휘부가 향하고 있는 지점에서 새로운 움직임
들이 있었다.

너무 은밀해 제대로 발견하지 못했지만, 다시 살피니
분명히 그곳에 누군가 더 있었다.

선민은 시력에 기운을 집중했다.

그러자 바위산의 윤곽이 더욱 또렷이 드러났다.

선민이 두 눈을 가늘게 떴다.

반군 수뇌부들이 도망치고 있는 방향은 바위산 두 개가

낙타의 등처럼 솟아 있는 한가운데였다. 그리고 양쪽 산비탈에서 위험스러운 기운이 감지되었다.

적지 않은 반군들이 그곳에 숨어 있는 게 분명했다.

'협곡으로 유인해 매복 공격을 하겠다는 거로군. 개자식들! 너희들의 뜻대로 되지 않을 거다.'

차가운 표정으로 바위산을 노려보던 선민이 이어폰을 통해 무전을 날렸다.

"팀장님, 강 상병입니다."

곧이어 이어폰을 통해 알파 팀장 김민수 소위의 목소리가 들렸다.

— 말하라, 강 상병.

"500여 미터 전방에 협곡이 있습니다. 그리고 협곡 양쪽에 매복이 있습니다."

— 뭐? 어떻게 얻은 정보인가?

"직접 확인했습니다."

잠시의 침묵이 흐른 후 김 소위의 목소리가 다시 들려왔다.

— 오케이. 알겠다. 오버.

"협곡 입구에서 멈춘 후, 교전을 지속하십시오. 매복한 반군은 제가 섬멸하겠습니다.

— 위험하지 않겠나?

"어렵지 않습니다. 충분히 가능합니다."

짧게 이어지는 침묵에 선민이 다시 무전을 날렸다.

"아프가니스탄에서의 첫 교전입니다. 이대로 물러가서는 안 됩니다."

곧이어 김 소위의 목소리가 다시 들렸다.

— 지원이 필요한가?

"그럴 시간이 없습니다."

— 좋다, 허락한다. 하지만 위급 상황 발생 시에는 즉각 회피하라. 알겠나?

"알겠습니다."

무전을 마친 후, 선민은 들고 있던 기관총을 등 뒤로 바짝 조여서 맸다.

MP5.

분당 800발을 쏟아부을 수 있는 유명한 기관단총들 중 하나로, 세계 각국의 특수부대원들이 가장 많이 사용한다.

선민은 기관총 대신 칼을 들었다.

특수부대원들이 즐겨 사용하는 일반 대검보다 조금 더 긴 검이다. 검신의 길이만 30센티미터에 이르렀고, 칼등에는 톱니가 역으로 삐죽 솟아나 있다.

그는 대검의 손잡이를 단단히 움켜쥔 채 어둠 속으로 몸을 날렸다.

선민은 바람처럼 어둠을 갈랐다.

4, 500미터가 넘는 바위산을 순식간에 주파한 후, 그

는 커다란 바위 뒤에 몸을 숨겼다.

전혀 흐트러지지 않은 호흡.

어둠 속에서 새파랗게 빛나는 두 눈.

그는 먹이를 향해 접근한 호랑이를 닮았다.

선민이 바위 너머로 고개를 살짝 내밀었다.

아래쪽 협곡을 향해 총을 겨누고 있는 반군들의 모습이 곳곳에서 보였다.

선민은 최대한 은밀하고 빠르게 그들을 제거할 수 있는 동선과 방법을 머릿속에 그렸다.

잠시 후, 선민이 숨을 크게 들이켰다가 멈추더니 바위를 휙 넘어 아래로 날듯이 내려갔다.

마치 고양이의 발걸음처럼 그의 발자국 소리는 전혀 들리지 않았다.

선민은 우선 가장 높은 곳에 위치해 매복하고 있던 기관총 사수와 부사수의 등 뒤로 돌아갔다.

핏!

달빛을 받은 대검의 검신이 순간적으로 파랗게 빛나는가 싶더니 붉은 피가 허공으로 튀었다.

선민의 대검이 기관총 사수와 부사수의 목 뒤쪽에 있는 척수를 단번에 끊어 버렸던 것이다.

반군들은 미처 비명조차 지르지 못한 채 그대로 목숨을 잃었다.

선민은 그들의 숨이 끊어지는 것을 확인한 후, 다시 몸을 날렸다.

이번에는 10여 미터 앞쪽에서 커다란 바위 뒤에 몸을 숨긴 채 머리만 내밀고 있는 반군 한 명이 목표였다.

그는 마치 고양이처럼 은밀하게 다가가더니 대검을 휘둘렀다.

섬뜩한 소리와 함께 반군의 뒷목이 쩍 벌어지더니 붉은 피를 쏟아 냈다.

선민은 허공에 뿌려진 피가 땅에 떨어지기도 전에 그곳을 벗어났다.

선민의 대검이 계속해서 달빛을 갈랐다.

불과 5분.

그가 15명이 넘는 반군들의 목을 베어 목숨을 끊어 놓는 데 걸린 시간이었다.

선민은 감각을 극도로 끌어 올려 주변의 반군들이 전멸했다는 사실을 확인한 후, 맞은편 산을 향해 무서운 속도로 달렸다.

산을 다시 내려갔다가 올라가는 건 위험할 뿐 아니라, 시간이 지체될 수 있다.

아군에게 쫓기던 적 수뇌부는 이미 협곡으로 진입하고 있었고, 그 뒤를 따라 아군도 바짝 쫓아오고 있었다.

사방에서 총성이 울렸고, 반군들이 픽픽 쓰러지고 있었다.

알파 팀의 공격이 본격적으로 시작되었고, 팀원들의 정확한 사격에 반군들은 하나둘씩 목숨을 잃어 갔다.

선민은 협곡 뒤쪽 깊숙한 곳으로 내려갔다가 바위산 측면을 타고 계속 이동했다.

마침내 건너편 바위산의 위쪽으로 올라간 선민이 아래를 내려다보았다.

마찬가지로 기관총 한 정이 가장 가까운 곳에 설치되어 있었다. 그리고 반대편 바위산에 있던 반군과 비슷한 숫자의 반군들이 칼빈 소총을 든 채 바위 뒤에 은신하고 있었다.

선민은 그들을 살피다가 특이한 것을 발견했다.

한 곳에 대여섯 명이나 되는 반군들이 모여 있었던 것이다.

'지휘부다.'

선민이 눈빛을 빛냈다.

전투에서 이상적인 승리는 적을 죽이고 물리치는 것이지만, 가장 큰 승리는 적을 생포하는 것이다. 특히 지휘부를 생포한다면 그건 대승이었다.

선민이 눈을 가늘게 뜨고 그들을 살피며 어떻게 하면 지휘관을 생포할 수 있을지 궁리했다.

잠시 후, 선민이 마침내 움직이기 시작했다.

그는 이번에도 마찬가지로 기관총 사수와 부사수를 제

거한 후, 곧바로 지휘부가 있는 지점으로 다가갔다.

유령처럼 움직이던 선민이 마침내 원하는 지점에 도착해 몸을 숨겼다.

고개를 살짝 내밀어 앞쪽을 살펴보니, 커다란 바위 뒤에 제법 널찍한 공터가 있었고, 그 공터 한구석에 세 사람이 서 있었다.

또 다른 세 명의 반군들은 그들을 호위하려는 듯 바위 뒤에 은신한 채 아래쪽으로 총구를 겨누고 있었다.

선민은 지휘관으로 보이는 세 명의 반군들 중 가운데서 있는 흰 수염의 노인을 주시했다.

연장자의 지위가 가장 높은 건 아니지만, 일단 그의 옷차림을 보면 다른 이들과 달랐다. 탄띠를 매지도 않았고, 이슬람 특유의 복장을 입지도 않았다. 대신 허리에 권총한 자루를 차고 있었다.

그리고 그는 다른 반군들과는 달리 군복을 입고 있었다. 알록달록한 7, 80년대의 예비군 군복과 비슷했지만, 일단 군복을 제대로 갖춰 입고 있다는 사실만으로도 그가 지휘관일 가능성이 가장 높았다.

'무슨 일이 있어도 저자는 생포해야겠군.'

선민은 자신이 움직일 동선을 생각한 후, 대검을 거머쥐었다.

'최대한 빨리!'

그가 호흡을 한 차례 고른 후 단전의 힘을 끌어 올려 온몸으로 퍼뜨렸다.

탓!

가벼운 소리와 함께 깊숙한 족적 하나를 바닥에 남긴 채, 선민의 몸이 무서운 속도로 앞으로 쏘아졌다.

선민은 우선 자신과 가장 가까운 곳에 있는 경계병의 측면으로 접근해 대검을 휘둘렀다.

서걱!

섬뜩한 소리와 함께 경계병의 목이 깨끗이 잘려 허공으로 떠올랐다.

다음 순간 선민의 몸은 유령처럼 허공을 부유하더니, 4, 5미터 떨어진 또 다른 경계병의 후미로 다가갔다.

그의 대검이 허공을 갈랐고, 경계병은 비명조차 지르지 못한 채 목 뒷부분이 절반가량 절단된 채 죽었다.

반군이 뭔가 이상한 낌새를 느낀 건 그 순간이었다.

지휘관으로 보이는 노인과 함께 서 있던 반군 두 명이 고함을 지르며 선민을 향해 총구를 겨눴다.

선민의 몸이 눈 깜짝할 사이에 7, 8미터를 이동하더니, 마지막 경계병의 곁을 스치고 지나갔다.

선민은 경계병의 상태를 확인하지도 않고 그대로 몸을 뒤집으며 옆으로 뛰었다.

타다다다다!

피비비빙!

선민이 지나쳤던 경계병의 등에 총알이 박혀 들었다.

이미 목을 베어 목숨을 잃었기에 비명을 지르거나 격한 움직임을 보이지는 않았다.

선민은 믿기 어려운 속도로 이리저리 움직이며 바위 뒤쪽으로 돌아 나갔다.

파밧! 파바바밧!

바위에서 불똥이 마구 일어났다.

선민의 몸은 이미 그 바위를 떠나 옆으로 이동하고 있었다.

산 아래쪽에서 고함 소리가 들렸다.

지휘부가 습격당하고 있는 것을 알아차린 다른 반군들이 급히 그쪽으로 다가오기 시작했다.

그때, 선민의 MP5가 불을 뿜었다.

타다다다다당!

요란한 총성과 함께 공터를 항해 다가오던 반군 서너 명이 한꺼번에 뒤로 넘어갔다.

반군들이 뭐라 외치면서 총구가 불을 뿜었던 지점을 향해 총을 쏘았다.

타다다당! 타다다다다!

하지만 선민은 이미 그곳에 없었다.

그는 눈 깜짝할 사이에 측면으로 20미터나 이동한 후,

다른 바위 위에서 불쑥 몸을 일으켰다.

타다다다다!

그의 총이 다시 불을 뿜었고, 두 명의 반군이 더 쓰러졌다.

반군들이 우왕좌왕하기 시작했다.

지휘관으로 보이던 노인이 함께 있던 두 명의 동료와 함께 바위산 위로 도망치기 시작했다.

선민은 그 사실을 알았지만 아직 그들을 쫓아가지 않았다.

대신 계속해서 이리저리 움직이며 매복해 있던 반군들을 쓰러뜨렸다.

마침내 선민이 총을 내렸다.

열 명이 넘는 반군들이 그의 총에 모조리 목숨을 잃었던 것이다.

선민은 곧바로 바위산 위를 향해 몸을 날렸다.

얼마 가지 않아 땀을 뻘뻘 흘리면서 도망치던 반군들을 발견했다.

선민은 순식간에 그들과의 거리를 좁힌 후, 빙 돌아가서 측면으로부터 다가갔다.

어둠 속에서 선민이 갑자기 뛰어나오더니 대검을 휘둘렀다.

한 명의 반군이 목을 부여잡고 몇 걸음 더 뛰어가다가

그대로 고꾸라졌다.

다른 반군 한 명이 선민을 발견하고는 총구를 돌렸다.

그때, 선민의 손에서 뭔가 반짝하는 물건이 떠났다.

쇄액!

퍽!

반군의 가슴 한가운데 선민의 대검이 깊숙이 박혀 있었다.

이제 남은 자는 지휘관으로 보이는 노인뿐이었다.

그는 들고 있던 권총으로 선민을 향해 발사했다.

탕! 탕! 탕!

그의 눈이 커졌다.

도저히 눈앞의 상황을 믿기 어렵다는 표정이었다.

선민은 지그재그로 움직이며 그에게 다가가더니 목덜미를 내려쳤다.

퍽!

가벼운 격타음과 함께 노인은 그대로 기절해서 쓰러졌다.

선민은 노인이 바닥에 쓰러지기도 전에 재빨리 받아서 어깨에 걸친 후, 그곳을 떠났다.

어른 한 명을 어깨에 짊어지고서도 선민은 무서운 속도로 움직였다.

그는 얼마 지나지 않아 바위산을 타고 아군이 있는 쪽

으로 이동한 후 아래쪽으로 내려왔다.

그곳의 상황도 이미 끝나 있었다.

알파 팀의 활약으로 지휘부를 포함한 반군 모두를 사살하는 데 성공한 것이다.

아군들이 마지막으로 잔여 병력을 확인하고 있는 사이, 선민이 노인을 어깨에 짊어진 채 나타났다.

"다녀왔습니다."

선민이 노인을 땅바닥에 내려놓으며 거수경례를 했다.

아군들이 눈을 동그랗게 뜬 채 선민을 쳐다보았다.

10장

작전 대기

다비 계곡의 전투.

적지 않은 피해를 입기는 했지만, 주 아프가니스탄 대한민국 무궁화부대에 대승을 안겨 준 최초의 교전이었다.

UN다국적군 사령부와 미군은 작지만 치열했던 이 전투를 특별히 평가했다. 그 어려운 상황에서 전세를 뒤집고 대승을 이끌어 낸 드문 전투였던 것이다.

특히 반군 수뇌부를 생포하기도 했는데, 그건 미군이 수년간 아프가니스탄에 주둔해 있으면서도 몇 차례 이루어 내지 못한 엄청난 성과다.

지휘관들은 위급한 상황이 되면 수류탄과 함께 자폭하

거나 권총으로 스스로의 머리를 쏴 자살했기 때문에 생포
는 거의 불가능했던 것이다.

무궁화부대 부대장은 가슴에 검은 리본을 달았다.

부대장뿐만 아니라 무궁화부대의 모든 구성원들도 같은
리본을 가슴에 달았다. 다비 계곡의 전투에서 다치거나
목숨을 잃은 병사들을 애도하기 위해서다.

부대장실.

무궁화부대의 부대장인 서경목 준장이 다소 굳은 표정
으로 소파에 앉아 있었다. 그리고 그의 앞에는 미군 두 명
이 마주 앉아 있다.

계급장을 보니 중령과 대위다.

미군 중령이라면 대한민국 군인들의 입장에서 보면 상
당한 고위급이다.

서경목 준장이 소파 등받이에 몸을 기댔다.

그가 고개를 절레절레 흔들며 유창한 영어로 입을 열었
다.

"아무래도 그건 좀 곤란하겠소, 제임스 중령."

제임스라 불린 미군 중령이 차분한 목소리로 설득하듯
말했다.

"그자는 아프가니스탄 반군 지휘관들 가운데 가장 최근
에 생포된 자입니다. 우리 정보부에서 그자의 신병 인도
를 간절히 원하고 있으니 꼭 들어주십시오."

"하지만 중령, 그는 스무 명이 넘는 우리 대한민국의 병사들을 숨지게 한 원흉이오. 어떻게 아무런 정보도 없이 무작정 그의 신병을 인도해 달라는 거요? 그건 우리 대한민국의 군을 너무 우습게 보는 처사가 아니오?"

"그렇지 않습니다."

"그럼 이유를 자세히 한번 설명해 보시오. 왜 미정보부가 그자의 신병을 그렇게 인도받고 싶어 하는지 말이오."

"그건…… 죄송하지만 알려 드릴 수 없습니다. 아니, 알려 드리고 싶어도 그렇게 하지 못합니다."

"왜 그렇소?"

"솔직히 저도 자세한 건 모르게 때문입니다."

"미정보부가 중령에게도 이유를 알려 주지 않았단 말이오?"

제임스 중령이 쓴웃음을 지었다.

"국무부 장관님의 명령을 받았을 뿐입니다."

"음! 국무부 장관이……."

서경목 준장이 고개를 갸웃거렸다.

정말 오랜만에 반군 지휘관을 사로잡기는 했지만, 그게 미국의 국무부 장관까지 나설 일은 아니다. 거기에는 분명히 특별한 이유가 더 있을 것이라 생각했다.

"이해할 수 없군요. 어떻게 국무부 장관이 직접 명령을 내렸단 말이오? 국무부 장관이 그렇게 한가한 자리는 아닐 텐데."

제임스 중령이 '끙!' 하는 소리와 함께 불쾌하다는 표정을 지었다.

하지만 반군 지휘관의 신병을 인도해 가기 위해서는 서경목 준장의 협조가 무엇보다 중요했기 때문에 꾹 참는 모습이었다.

서경목 준장이 제임스 중령의 표정을 슬쩍 쳐다보았다.

사실 그로서도 난감했다.

제임스 중령은 그도 잘 아는 사람이었다. 그리고 앞으로 아프가니스탄에서 미군과 협조하면서 평화 유지를 해나가기 위해서 가장 가깝게 지내야 할 사람이 바로 그이기도 했다.

때문에 가능하면 그의 요청을 들어주고 싶었지만, 무궁화부대의 병사들 수십 명이 살상당한 마당에 그 흉수를 다른 나라에 선뜻 내어 준다는 건 말이 되지 않았다.

"제임스 중령, 중령의 고충을 내가 모르는 바도 아니오. 하지만 내 처지도 이해해 주시오. 대한민국 병사 수십 명의 희생을 무릅쓰고 사로잡은 적의 지휘관을 다른 나라에 내줬다가는 우리 국민들이 가만히 있지 않을 거요."

"음!"

제임스 중령이 무거운 표정으로 신음성을 흘리더니 몸을 일으켰다.

"어쩔 수 없군요. 그럼 윗선에서 공식적으로 요청을 해야겠습니다."

"그자의 신병을 인도해 가고 싶다면 우리나라 대통령님이나 합참의장님의 명령서를 가져오시오. 그럼 순순히 보내 드리겠소."

제임스 중령이 고개를 끄덕이더니 가볍게 거수경례를 하고는 밖으로 나갔다.

그가 나가고 나자 소령 한 명이 들어왔다.

"부대장님! 제임스 중령이 뭐라고 했습니까?"

"음. 앉게."

부대장의 권유로 그가 맞은편에 앉았다.

"자신들에게 그자의 신병을 인도해 달라고 하더군."

"예? 그런 말도 안 되는……."

"그래서 대통령님이나 합참의장님의 명령서를 받아 오라고 했지. 그랬더니 그냥 돌아가더군."

"잘하셨습니다. 그자를 신문하고 법정에 세울 권리는 우리들에게 있습니다."

"그렇긴 한데……."

"왜 그렇십니까?"

"마음에 걸리는 게 좀 있어서 말이네."

"뭐가 마음에 걸리십니까?"

"포로를 인도해 달라는 명령을 내린 사람이 국무부 장관이라더군."

"국무부 장관요?"

소령이 눈을 휘둥그레 떴다. 국무부 장관이 나설 정도면 엄청난 거물일 것이니 말이다.

"포로에 대한 정보가 어떻게 그 짧은 시간에 미정부에까지 흘러들어갔는지 모르겠군."

"미군으로부터 의료 지원이 왔을 때, 미군 병사들 중 몇 명이 그를 보았습니다. 아마 핸드폰으로 몰래 사진까지 찍었는지도 모릅니다."

"음……. 그럴 수도 있겠군. 한데, 뭔가 좀 나온 게 있나?"

"계속 침묵만 지키고 있습니다."

"일주일이 다 되어 가는데 아직 침묵을 지키다니……."

"한 마디 한 말은 있습니다."

"뭐라 했나?"

"자신을 풀어 주지 않으면 알라신이 내리는 벼락을 받게 될 거랍니다."

"흥!"

부대장이 코웃음을 쳤다.

"계속해서 심문해 봐. 좀 더 강하게 밀어붙이란 말이야."

"알겠습니다. 그렇게 하겠습니다."

"아, 그리고 알파 팀에 대한 훈장 수여식은 없던 것으로 하게. 아무래도 이런 상황에서 그런 행사를 한다는 건 마음에 걸리는군."

"저도 같은 생각입니다. 지시한 대로 하겠습니다."

"대신 알파 팀에 뭔가 보상을 해 주고 싶은데…… 필요한 게 있으면 뭐든 요청하라고 하게."

"그렇게 전하겠습니다. 그럼!"

그가 거수경례를 한 후 부대장실을 나갔다.

서경목 준장이 무거운 표정으로 자신의 턱을 만지작거렸다.

✠　　✠　　✠

선민은 전화기 앞에 서서 고민했다.

제한된 짧은 시간 안에 가족들과 통화를 하도록 허락되었는데, 무슨 말을 어떻게 해야 할지 알 수 없었던 것이다.

다비 계곡의 전투에 관한 소식은 이미 하루 전에 대한민국 공영 매체를 통해 보도되었다.

파병된 병사들의 안위를 걱정하는 가족들의 문의가 국방부로 빗발치는 상황이었다.

전사자 명단에 실린 병사의 가족들은 당장 아프가니스탄으로 날아오겠다고 나서고 있었다.

하지만 위험지역인 아프가니스탄으로 민간인이 들어오는 건 불가능한 일이었다.

결국 전사자의 가족들은 한국에서 초조한 심정으로 기다려야 했다.

무궁화부대 병사들에게 가족들과 통화할 수 있는 시간이 허락되었다.

부상자들이 가장 먼저 가족들과 통화를 한 후, 일반 병사들의 차례가 되었다.

이렇게 해서 한국에 있는 가족들과 통화를 할 수 있게 되었지만, 선민은 부모님들과 무슨 말을 어떻게 해야 할지 알 수 없었다.

"강 상병, 전화 안 할 건가?"

행정부의 소위가 그를 채근했다. 선민 다음에 통화를 하려고 기다리는 병사들이 있었던 것이다.

"아닙니다. 지금 통화할 생각입니다."

선민은 집으로 전화를 걸었다.

잠시 신호가 가더니 반가운 목소리가 수화기 너머로 들려왔다.

— 여보세요!

어머니였다.

선민은 어머니의 목소리를 듣는 순간 가슴이 복받치는 것을 느꼈다.

"어, 어머니!"

짧은 탄성이 들리더니 잠시 침묵이 흘렀다.

"어머니! 접니다. 선민입니다."

— 서, 선민아! 선민아!

어머니가 금방이라도 울음을 터뜨릴 것 같은 목소리로 아들의 이름을 불렀다.

선민은 잠시 어머니가 진정되기를 기다렸다가 말했다.

"어머니, 저 괜찮아요. 걱정 마세요."

— 아이고, 이 녀석아! 어디 다친 곳은 없어? 정말 괜찮은 거야?

"물론이죠. 전 끄떡없어요."

— 뉴스에서 소식 들었다. 큰 싸움이 있었고 많은 병사들이 죽었다면서?

"예, 사실입니다."

— 너, 너도 거기 있었어?

"아, 아뇨! 우리 팀은 영내에서 대기만 했어요. 우린 그런 싸움에 나가지 않고 부대 경비만 해요."

— 아, 그러냐? 정말 다행이다.

"그러니까 앞으로도 너무 걱정 마세요."

— 네가 그렇게 위험한 곳에 있는데 어떻게 걱정을 안

해? 제발 무사해야 한다. 알았지?

"네. 그런데 아버지도 잘 계시죠?"

— 그래, 네 아버지도 잘 계신다. 그리고 네 형과 동생도 잘 있다. 그러니 아무 걱정 마라.

"알겠습니다."

— 아버지가 바꿔 달란다.

"아, 통화 시간이 정해져 있어서 이만 끊어야 해요. 다음에 전화드릴게요."

— 잠깐이라도 좋으니까 아버지께 네 목소리라도 들려드려.

"예……."

곧이어 아버지의 목소리가 들렸다.

— 선민아!

"아버지……."

— 잘 지내지?

"예, 아버지는 어떠세요?"

— 나야 무슨 일이 있겠느냐? 집안 걱정은 말고 국방의 의무에 충실하도록 해라.

"예, 아버지."

— 네 어머니도 생각보다는 잘 견디고 있으니까 너무 걱정 말아라.

"알겠습니다. 그럼 어머니 잘 부탁드립니다."

— 그래, 그만 들어가거라.

딸칵!

전화를 끊은 후, 선민은 한숨을 내쉬었다.

오랜만에 들은 부모님들의 목소리.

가족들에 대한 그리움이 가슴속에서 새록새록 묻어나는
느낌이었다.

"강 상병, 전화 끝났나?"

"아, 예."

선민은 전화기를 다음 병사에게 양보한 후, 행정반을
나갔다.

✠　✠　✠

앨리엇 모리스는 미국 국무 장관이다.

역대 세 번째로 여성 장관이며, 강경하고 단호한 대테
러 정책으로 미국 국민들의 인기가 매우 높다.

그녀는 넓은 회의실에 중요 인사들과 함께 둘러앉아 있
었는데, 단단히 화가 난 기색이 역력하다.

"아니, 아직 그의 신병을 인수받지 못했다는 겁니까?"

그녀의 곁에 앉아 있는 사내 한 명이 대답했다.

"현지 주둔군 부대장에게 계속 요청하고 있는데, 요지
부동입니다."

"한국 정부에다가 요청한 건 어떻게 됐나요?"

"한국 정부에서도 난색을 표하고 있습니다. 워낙 한국 군의 피해가 커서……."

꽝!

앨리엇 국무 장관이 손바닥으로 탁자를 강하게 내려쳤다.

"무조건 신병을 인도해 오세요! 호산 하마드를 잡으려면 그가 꼭 필요합니다!"

"아무래도 이유 정도는 설명을 해 줘야 인도해 올 수 있을 것 같습니다."

앨리엇 국무 장관이 깊은 한숨을 내쉬더니 테이블 위에 놓여 있던 전화기를 들었다.

"대한민국 대통령과 긴급 라인으로 연결해."

— 잠시만 기다리십시오, 장관님.

그녀가 초조한 표정을 지은 채 손가락으로 탁자를 두드렸다.

잠시 후, 전화기가 울리자 그녀가 재빨리 받았다.

— 연결되었습니다. 대한민국 대통령이십니다.

"안녕하십니까, 대통령님. 저는 미 국무 장관 앨리엇 모리스입니다. 이렇게 갑자기 전화를 드리게 되어 죄송합니다."

수화기 너머로 중후한 남성의 목소리가 한국어로 흘러

나왔다.

— 오랜만입니다, 앨리엇 장관님. 대한민국의 대통령입니다.

대통령의 말은 동시통역이 되어 앨리엇 국무 장관의 귀에 들어갔다.

"다름이 아니라 어제 우리 미합중국 대통령님께서 공식적으로 요청하신 건 때문입니다. 대한민국 정부의 공식 답변이 아직 없어서 이렇게 직접 전화를 드리게 되었습니다. 예의가 아닌 줄은 알지만, 사안이 워낙 급하다보니 결례를 범하게 되었습니다. 용서하십시오."

— 음. 그건 괜찮습니다만……. 아무래도 그자의 신병을 인도하는 건 곤란할 것 같습니다. 우리 대한민국의 장병들이 너무 많이 목숨을 잃었습니다. 따라서 우리는 그자를 대한민국의 법정에 세울 생각입니다.

"대통령님의 뜻과 사정은 충분이 이해하고 있습니다. 하지만 그자는 우리 미국에 꼭 필요한 자입니다. 부디 대통령님께서 깊이 양해해 주시기를 희망합니다."

— 앨리엇 장관님, 한 가지만 물어봅시다.

"예, 대통령님."

— 미 정보부에서 그자를 그토록 원하는 이유가 무엇입니까?

"그건……."

앨리엇 국무 장관이 잠시 고민하더니 결국 입을 열었다.

"대통령님, 호산 하마드라는 자를 아십니까?"

— 호산 하마드라면 악명 높은 테러리스트의 배후가 아닙니까? 몇 년 전에 미국에서 있었던 끔찍한 테러의 주모자이기도 하고 말입니다.

"그렇습니다. 바로 그자입니다."

— 혹시 이번에 생포된 자가 그자와 관련이 있기라도 한 겁니까?

"그렇습니다. 이번에 대한민국 무궁화부대에 의해 생포된 지휘관은 빈 하마드라는 자입니다. 그리고 그는 호산 하마드의 부친이기도 합니다."

— 예? 그래요?

"빈 하마드는 호산 하마드의 은신처를 알고 있는 몇 안되는 사람들 중 한 명입니다. 그래서 우리 정보부에서 그토록 그의 신병을 인도받고자 했던 겁니다."

— 음! 그랬었군요. 그런 이유라면 미국이 그자의 신병 인도를 그렇게 강력히 요청한 게 납득이 가는군요.

"그럼, 대통령님께서 부디 선처를 해 주시기 바랍니다."

— 마음 같아서는 당장 그렇게 하고 싶지만, 우리 대한민국의 여론도 의식하지 않을 수 없습니다. 일단 최대한

빨리 이 일을 매듭지은 후에 공식적인 답변을 드리도록 하겠습니다.

앨리엇 국무 장관은 바로 답변을 듣지 못해 아쉬웠지만 수긍할 수밖에 없었다.

그처럼 중요한 일을 논의도 없이 대통령이 덜컥 결정해 버릴 수는 없을 테니 말이다.

"……잘 부탁드립니다, 대통령님. 대통령님의 결단을 바라겠습니다."

딸깍!

전화를 끊은 후, 앨리엇 국무 장관은 긴 한숨을 내쉬며 의자에 등을 기댔다. 그리고는 나지막한 목소리로 중얼거리듯 말했다.

"무슨 일이 있어도 이번 기회에 호산 하마드의 위치를 파악해야 해. 수많은 우리 국민들의 목숨을 앗아 간 테러리스트의 배후를 결코 그냥 둬서는 안 돼……."

모두들 고개를 끄덕이며 무거운 신음성을 흘렸다.

✠　✠　✠

늦은 밤 알파 팀의 막사.

팀원들 모두 불이 환히 밝혀진 실내에서 맥주와 안주 등을 바닥에 놓고 부동자세로 앉아 있었다.

그들의 앞에 무궁화부대장인 서경목 준장이 있었다.

서경목 준장은 알파 팀원들을 흐뭇한 표정으로 둘러보더니 고개를 끄덕였다.

"이번 전투에서 혁혁한 공을 세운 알파 팀의 공을 치하하기 위해 오늘 이 자리를 만들었네. 조촐하기는 하지만 부대 사정상 거창한 축연을 베풀지는 못하니 모두 이해해 주기 바라네."

알파 팀장인 김민수 소위가 즉시 대답했다.

"아닙니다. 이만하면 최고의 축연입니다."

"그렇게 생각해 주니 고맙군. 그럼 앞에 있는 맥주를 들게. 건배라도 한 번 하지."

모두들 맥주 캔을 들었고, 조용히 건배를 외친 후 함께 마셨다.

"알파 팀 모두에게 은성훈장을 추서했으니 내년에 한국으로 돌아가면 정식으로 훈장을 받을 수 있을 거네. 지금으로서는 그게 내가 해 줄 수 있는 전부라 미안하군."

"아닙니다. 많은 전우들이 목숨을 잃은 전투였습니다. 저희들이 훈장을 받을 자격이 있을지 모르겠습니다."

"자네들이 훈장을 받지 않으면 누가 받겠나? 그런 소리 들은 말게."

"감사합니다, 부대장님!"

"허허허, 그건 그렇고. 혹시 특별히 원하는 건 없나? 가능하면 내가 모두 들어주겠네."

부대장이 알파 팀원들의 얼굴을 하나하나 쳐다보았다.

모두들 굳은 표정을 짓고 있을 뿐 아무 말도 하지 않았다.

그때, 선민이 갑자기 나섰다.

"한 가지 요청드리고 싶은 게 있습니다."

"오, 강 상병. 그래 말해 보게. 뭔가?"

"현지 마을에 학교를 세울 수 있도록 도와주십시오."

"학교라고?"

"그렇습니다."

"음. 이번에 마을에서 겪은 끔찍한 일 때문에 학교를 세운다고 해도 부모들이 아이들을 보낼지 모르겠군."

"이해시키고 설득시켜야 합니다. 종교적 편견과 무지의 결과가 얼마나 끔찍한지 그들에게 확실히 알려야 합니다. 그러기 위해서는 교육아 가장 중요하다고 생각합니다."

"강 상병의 말이 틀린 건 아니지만······. 그건 우리 무궁화부대 차원에서 해결하기 힘들군."

"UN사령부나 미군의 협조를 얻으면 가능하리라고 생각합니다."

"그래, 알겠네. 내가 힘써 보도록 하지."

"감사합니다, 부대장님."

"그래, 또 없나?"

이젠 모두들 침묵을 지켰다.

부대장이 허허 하고 웃더니 자신의 앞에 놓여 있던 맥주 캔을 단번에 비우고는 자리에서 일어났다.

"내가 있으면 불편할 테니 먼저 일어나겠네. 오늘 밤에는 PX를 전세 내도 좋네. 내가 모두 계산할 테니 마음껏 먹게. 알겠나?"

"감사합니다, 부대장님!"

알파 팀원들 모두 큰 소리로 대답한 후 거수경례를 했다.

부대장이 경례를 받은 후, 곧바로 막사를 나갔다.

✠ ✠ ✠

정오부터 시작된 국가안보회의는 늦은 오후가 되어서야 끝났다.

대통령은 장관들과 군 수뇌부의 의견을 취합하고, 또 그들을 설득하느라 진땀을 뺀 끝에 절묘한 절충안을 내놓을 수 있었다.

국방부 장관은 대통령이 마련한 절충안을 들고 미 국무장관 앨리엇 모리스에게 전화를 걸었다.

"여보세요, 앨리엇 장관님. 대한민국의 국방부 장관 이 재관입니다."

수화기 너머로 앨리엇 국무 장관의 목소리가 들렸다.

— 반갑습니다, 장관님.

"방금 빈 하마드의 신병 인도 요청에 대한 우리 대한민국 정부의 입장 정리가 끝났습니다."

— 아, 그렇습니까? 어떻게 하기로 하셨습니까?

"한 가지 조건만 들어주신다면 그자의 신병을 곧바로 주 아프가니스탄 미군에 인도하도록 하겠습니다."

— 조건이 무엇입니까? 말씀하십시오.

"빈 하마드로부터 비롯되는 모든 작전에 우리 대한민국 특수 팀을 참여시켜 주십시오."

— 예? 그게 무슨 말씀이십니까?

"말 그대로입니다. 빈 하마드를 데려가신 후, 미국에서 취할 후속 조치에 우리 대한민국의 특수부대도 참가할 수 있도록 해 달라는 말입니다."

— 그 말씀은 호산 하마드의 체포, 혹은 사살 작전에 대한민국의 특수부대를 참가시켜 달라는 뜻이군요.

"바로 그렇습니다. 적어도 그 정도의 전과를 얻어야만 국민들을 납득시킬 수 있다는 게 우리 대한민국 정부의 입장입니다."

— 그 작전은 무척 위험할 뿐 아니라 고도의 전문성이

요구됩니다. 자칫 대한민국의 병사들이 큰 피해를 입을까 걱정이 되는군요.

"그 어떤 불행한 일이 닥친다고 해도 우리 대한민국 정부는 충분히 감수할 것입니다. 그러니 무조건 참여시켜 주십시오."

— 재고의 여지가 없는 조건입니까?

"그렇습니다. 우리 대한민국 정부의 입장에서는 그게 마지노선입니다."

— 음!

무거운 신음성과 함께 잠깐의 침묵이 흘렀다.

국방부 장관은 굳은 표정으로 상대의 답변을 기다렸다.

앨리엇 국무 장관의 목소리가 마침내 들려왔다.

— 좋습니다. 대한민국 정부의 요청을 받아들이도록 하겠습니다.

"잘 생각하셨습니다. 그럼 그렇게 알고 대통령님께 보고를 드리겠습니다. 그리고 빈 하마드의 신병 인도도 즉시 이루어질 수 있도록 지시를 내려놓겠습니다."

— 감사합니다, 국방장관님.

✠　　✠　　✠

부우우웅!

아침부터 요란한 엔진 소리가 들리더니 미군 지프차 몇 대가 한꺼번에 무궁화부대 안으로 들이닥쳤다.

빈 하마드를 인도받기 위해 미군부대로부터 온 차량들이었다.

선민을 비롯한 알파 팀은 완전군장을 꾸린 채 연병장에서 대기하고 있었다.

미군 지휘관과 부관 등 몇 명의 군인들이 사령부 안으로 들어가더니 잠시 후, 얼굴을 가린 죄수 한 명과 함께 나왔다.

죄수는 바로 선민이 사로잡은 빈 하마드였고, 그의 주위를 미군들이 엄밀히 감싼 채 지프차로 데려갔다.

미군 중령 제임스가 서경목 부대장과 함께 대기하고 있던 알파 팀으로 다가왔다.

"충성!"

알파 팀의 거수경례를 받은 후, 부대장이 말했다.

"지금 이 순간부터 알파 팀은 여기 있는 제임스 중령의 명령을 받든다. 알겠나?"

사전에 이미 자세한 설명이 있었기에, 알파 팀원들은 즉시 제임스 중령을 향해 경례를 했다.

제임스 중령이 경례를 받은 후 고개를 끄덕였다.

그가 영어로 말했다.

"자네들이 그 유명한 알파 팀이군. 당분간 우리 미군부대에서 대기하고 내 명령을 듣도록 하게."

알파 팀원들 모두 기본적인 영어는 할 줄 알았기에 큰 어려움 없이 알아들었다.

서경목 준장이 알파 팀원들과 일일이 악수를 했다. 그리고는 등을 두드리며 격려했다.

"어떤 임무가 떨어지든, 대한민국의 자랑스러운 군인임을 잊지 말고 잘 수행해 주기 바란다."

알파 팀원들 모두 굳은 표정으로 부동자세를 취했다.

곧이어 팀원들은 미군 지프차 두 대에 나눠 탄 후, 무궁화부대를 떠났다.

선민은 굳은 표정으로 창밖을 통해 멀어져 가는 무궁화부대 주둔지를 지켜보았다.

미군 지프차들은 두 시간 가까이 달린 끝에 주둔지에 도착했다.

미군 주둔지는 무궁화부대에 비하면 규모 면에서 비교가 되지 않을 정도로 넓었다.

특히 수많은 헬리콥터들과 장갑차, 탱크 등이 위압적인 모습으로 줄지어 서 있었다.

게다가 한쪽에는 넓은 비행장까지 있었는데, 거대한 수송기 몇 대가 꽁무니 입구를 열어젖힌 채 엄청난 양의 보급품들을 쏟아 내고 있었다.

선민을 비롯한 알파 팀들은 그 모든 광경에 압도되는

듯한 느낌을 받았지만, 겉으로는 아무렇지도 않은 듯한 표정을 지었다.

지프차에서 내린 알파 팀은 막사로 안내되었는데, 대한민국 군인들이 지프차에서 한꺼번에 내려 우루루 이동하는 모습이 신기한지 주변에 있던 미군들 모두가 쳐다보았다.

알파 팀은 막사 하나를 배정받았는데, 그 안에 들어간 팀원들은 내부 시설을 보고 경악을 금치 못했다.

부대장의 숙소보다 오히려 시설이 좋았기 때문이다.

게다가 무궁화부대에서는 시간제로 에어컨을 켰지만, 미군부대의 막사는 추울 정도로 시원한 기온을 유지하고 있었다.

"카! 돈 많은 나라는 달라도 역시 다르네?"

"그러게 말이야. TV 좀 봐. 42인치는 되겠는데?"

김민수 소위가 말했다.

"자자, 어서 군장들 풀어라. 너무 감탄만 하지 말고. 쪽팔리잖아."

"알겠습니다."

팀원들 모두 그제야 자신의 자리를 잡고 군장을 풀기 시작했다.

처음 하루는 긴장감을 늦출 수 없었다.

대한민국을 대표하는 군인으로서 미군부대에 들어왔으

니, 행동도 그에 걸맞게 해야 한다는 부담감 때문이었다.

하지만 하루가 지나자 어느 정도 적응이 되었다.

특히 지미라고 불리는 행정부 사병과는 제법 말문을 트고 지냈다.

지미는 20대 초반의 병사였는데, 군에 입대한 지 불과 1년밖에 되지 않는 신병이나 다름이 없었다.

그는 영어가 유창한 선민과 자주 대화를 나누곤 했는데, 예상 외로 알파 팀에게 친절했다.

그는 알파 팀이 움직이는 곳에는 항상 따라붙어 각종 편의를 봐주었고, 궁금해하는 게 있으면 자세히 설명해 주었다.

아침 식사를 마친 후, 알파 팀 팀원들은 뜨뜻미지근한 표정을 지으며 입맛을 다셨다.

"모두들 왜 그런 표정들이십니까? 식사가 맛이 없었습니까?"

지미 일병이 알파 팀원들에게 의아한 표정으로 물었다.

알파 팀원들이 우물거리다가 선민에게 말했다.

"야, 강 상병. 네가 이야기 좀 해라."

선민이 희미하게 웃으며 지미 일병에게 말했다.

"혹시 여기 김치 없어?"

"김치요? 그게 뭡니까?"

"세상에! 김치도 몰라? 세계에서 가장 유명한 한국 음식 몰라?"

"아! 킴취요?"

"킴취가 아니라 김치다."

"에, 킴취."

"쯧쯧쯧, 그래. 없어?"

"인도 음식과 일본식이 가끔 나오기는 하는데 한국 음식은 한 번도 먹어본 적이 없습니다."

"쳇! 어쩔 수 없군. 팀장님. 김치는 없답니다."

"그래? 에이, 어제까지는 맛있던데 자꾸 먹으니까 니글거려 죽겠다."

팀원들도 동조했다.

"그러게 말입니다. 김치에 된장국 한번 먹어 봤으면 소원이 없겠습니다. 쩝!"

모두들 한국 음식이 생각나는지 입맛만 다셨다.

"죄송합니다. 행정반에 건의를 해 보겠습니다."

"그래, 부탁한다."

모두들 식당에서 나와 막사로 이동하는 중, 지미 일병에 선민에게 다가와 말을 걸었다.

"그런데 강 상병님, 그 전투 이야기 좀 해 주십시오."

"무슨 전투?"

"다비 전투요."

"이미 알고 있잖아? 소문 쫙 퍼졌을 텐데?"

"그렇긴 합니다만……. 그래도 알려지지 않은 그런 이야기 있을 거 아닙니까?"

"왜 그게 궁금해?"

"사실 우리 미군들도 그 전투에 대해 듣고 많이 놀랐습니다. 한밤중에 완전히 포위된 상황에서 돌격을 감행해 적을 물리쳤을 뿐 아니라, 오히려 전멸까지 시켰으니 말입니다. 세상에 그런 전투에 대해서는 처음 들었습니다."

"후후후, 우리 대한민국 군인들 머릿속에 가장 강하게 인식되어 있는 생각이 뭔 줄 알아?"

"뭡니까?"

"우리가 당한 열 배로 갚아 준다는 거다."

"음! 아무리 그래도 그런 전투 방식은 도저히 이해가 가지 않습니다. 우리 미군들도 용감하기로는 세계에서 둘째가라면 서러운데, 그런 식으로 전투를 벌이지는 않습니다."

"그건 그냥 한국식이야. 그렇게만 알아."

"예……. 한데, 그거 아십니까?"

"뭐?"

"제가 소문을 들었는데, 포로가 입을 열었다고 합니다."

선민의 눈빛이 빛났다.

"그게 사실이야?"

"예, 그래서 조만간 대대적인 작전이 시작된다고 합니다."

"흠!"

"강 상병님을 비롯한 알파 팀도 함께 출동한다면서요?"

"그래. 그러려고 여기 왔다."

"정말 대단하십니다. 이번에 투입되는 우리 미군부대가 어느 부대인지 아십니까?"

"어느 부대야?"

"이글아이라고 불리는 부대인데, 미군 전체를 통틀어도 한 손가락 안에 꼽히는 최정예 부댑니다."

"이글아이? 독수리눈이라……. 이름은 그럴듯하군."

"이름만 그럴듯한 정도가 아니죠. 그 부대는 거의 전설이나 마찬가집니다. 전적을 들어 보면 기절할 겁니다."

"후후후, 우리도 그들에 못지않다고 생각한다."

"뭐, 다비 전투를 생각해 보면 한국군도 무시할 수 없다는 생각이 들긴 하지만……. 두고 보면 알겠죠."

"짜식! 두고 봐라. 누가 임무를 완수하는지 말이야."

선민이 차가운 미소를 지으며 주먹을 불끈 쥐었다.

✠　✠　✠

이른 새벽. 갑자기 내려온 명령에 선민을 비롯한 알파 팀은 완전군장을 한 채 막사에서 대기했다.

조만간 작전에 투입되기 때문이다.

알파 팀원들 모두 긴장된 표정을 짓고 있었는데, 각오가 남달라 보였다.

지미 일병이 막사로 뛰어오더니 소리쳤다.

"모두 브리핑실로 이동해야 합니다. 저를 따라오십시오."

팀원들 모두 그를 따라 막사에서 나와 어디론가 이동했다.

잠시 후, 그들은 사령부 안에 있는 넓은 브리핑실로 안내되었다.

그곳에는 지휘관들과 함께 10명가량의 미군들이 완전군장을 한 채 앉아 있었는데, 그들의 눈빛이 예사롭게 보이지 않았다.

선민은 그들의 가슴에 작게 새겨져 있는 문양을 보고 눈빛을 빛냈다.

독수리 한 마리가 날개를 활짝 펼치고 있는 문양이었다.

'저들이 바로 이글아이 팀이군. 과연 눈빛이 매섭군.'

선민이 감탄할 정도라면 정말 대단한 병사들이 분명했다.

마침내 브리핑이 시작되었다.

브리핑을 듣고 있던 알파 팀원들의 표정이 점차 굳어 갔다.

마침내 호산 하마드가 은신해 있는 곳을 습격하기 위한 작전이 시작되고 있었던 것이다.

〈『더 샤도우』 제8권에서 계속〉

더 샤도우 The SHADOW

1판 1쇄 찍음 2012년 7월 17일
1판 1쇄 펴냄 2012년 7월 19일

지은이 | 장 웅
펴낸이 | 정 필
펴낸곳 | 도서출판·**뿔미디어**

편집장 | 이재권
기획·편집 | 주종숙
편집디자인 | 이진선
관리, 영업 | 김기환, 임순옥

출판등록 | 2002년 9월 11일 (제081-1-132호)
주소 | 부천시 원미구 상3동 533-3 아트프라자 503호 (우)420-861
전화 | 032)651-6513 / 팩스 032)651-6094
E-mail | BBULMEDIA@paran.com
홈페이지 | www.bbulmedia.com

값 8,000원

ISBN 978-89-6639-782-2 04810
ISBN 978-89-6639-381-7 04810 (세트)

http://www.bbulmedia.com